E. Bernard, Imprimeur-Éditeur, Paris.

Petite Collection E. BERNARD

N° 30

L'Amour Charnel & L'Amour Ailé

Par La Font-Vinée

PARIS
E. BERNARD, IMPRIMEUR-ÉDITEUR
29, Quai des Grands-Augustins, 29

Préface

Je supplie mes confrères de la Presse Parisienne, dans laquelle je compte énormément d'amis, de ne pas voir une critique dans cette étude de mœurs. Au contraire, au moment où le journalisme et les journalistes sont fort décriés et paraissent avoir beaucoup baissé dans l'estime du public — ce qui les laisse indifférents, du reste — j'ai voulu tenter de réhabiliter aux yeux de ce public, qui nous ignore parce qu'il ne voit que notre surface, la grande corporation à laquelle je suis fier d'avoir appartenu pendant de longues années.

Pour cela, j'ai créé mon type de journaliste parisien, Max de Lizerges, en qui j'ai tenté de faire vivre tout ce qu'il y a de bon et de mauvais en nous. Max de Lizerges incarne nos petitesses et nos grandeurs, notre insouciance du bien et notre mépris du mal, notre morale parfois facile et les élans généreux et soudains de notre âme, notre vénalité maintes fois exagérée et notre prodigalité toujours excessive, en un mot, tous nos défauts et toutes nos qualités, tous nos vices et toutes nos vertus, tout notre corps matériel et tout notre cœur.

Cet ouvrage est moins un roman qu'un assemblage de faits réels vécus, de souvenirs du passé, que j'ai réunis pour les présenter au lecteur. La plupart des personnages qui y figurent vivent encore et ont eu leur heure de célébrité. Les demi-mondaines en vogue à l'époque sont présentées sous des pseudonymes très transparents. Certaines même m'ont autorisé à insérer leur nom véritable. N'est-ce pas Yvonine Hivernat?

Chateaubriand a écrit : « Le Français fait le mal sans en éprouver de remords et le bien sans en exiger de reconnaissance ». C'est surtout au journaliste français que cette phrase peut s'appliquer. Voilà ce que j'ai essayé d'établir. A vous de me dire si j'ai réussi.

LA FONT-VINÉE

L'Amour Charnel & l'Amour Ailé

PREMIÈRE PARTIE

L Amour Charnel

I

— Oh ! la jolie blonde !

— ???

— Quelle taille d'hyménoptère !

— ???

— Quels superbes yeux pers !

— Hyménoptère ?? Yeux pers ?? Qu'est-ce que cela ? se demanda Marguerite Turgeon, très intriguée et peu familiarisée avec les finesses de notre langue.

— Vous n'avez pas peur, Mademoiselle, de rentrer aussi tard ? Il fait déjà nuit, et ce n'est pas prudent pour une jeune fille...

— Mais non, je ne crains rien ; j'y suis habituée.

— L'habitude est une seconde nature. Mais n'empêche que si j'étais Madame votre tante, ce qui me paraît assez difficile, du reste, je ne vous permettrais pas de quitter l'atelier à une heure aussi avancée. Le méchant loup guette toujours le petit Chaperon Rouge et il y a loin de la rue Labruyère chez vous !

— Comment, Monsieur, vous savez...

— Que vous êtes modiste, rue Labruyère 39 *bis*, parfaitement ; et de plus que vous demeurez tout en haut du faubourg Poissonnière, chez la sœur de votre mère qui vous a élevée depuis que vous êtes orpheline. Vous voyez que je ne me trompais pas en affirmant qu'il y a loin de la rue Labruyère chez vous. J'ajouterais même que, par ce temps orageux, le trajet fait seule paraît encore plus long et plus désagréable.

Marguerite, charmée par la voix douce de son interlocuteur, ne répondait plus, se contentant de l'examiner à la dérobée et à la lueur des rares becs de gaz. Elle vit qu'il était brun, vêtu à la dernière mode, la taille élancée, l'allure dégagée.

L'orage, qui s'était avancé rapidement, éclata ; un éclair blanc fendit la nuit, de grosses gouttes de pluie marbrèrent l'asphalte du trottoir.

— Si je ne craignais un refus, reprit Max, je vous offrirais de partager la voiture que je vais prendre. Je me rends dans votre quartier et je vous laisserai à votre porte.

Le jeune homme héla un fiacre, et avant que Marguerite ait eu le temps de réfléchir elle était assise sur les coussins, à son côté.

— Voyons, ma chère enfant, continua-t-il en enlaçant négligemment la taille de la fillette, vous êtes redevenue muette : une si mignonne bouchette doit cependant savoir murmurer des choses charmantes. Dites-moi sans arrière-pensée? A quoi pensez-vous ?

— Je me demande comment vous me connaissez.

— Je veux être très franc avec vous. Parce que je vous ai vue ; lorsque je vous ai vue, je vous ai aimée ; lorsque je vous ai aimée, je vous ai suivie; pour savoir votre adresse, car je craignais à tout moment que votre vision adorable ne fût qu'une courte apparition !

Et serrant légèrement, lentement, mais progressivement la taille de la fillette, il fit appuyer sa tête blonde sur son épaule et posa ses lèvres sur les yeux de la mignonne, dont le cœur battait violemment.

— Vous voici arrivée, dit soudain le jeune homme, mais je ne veux pas vous quitter sans obtenir de vous la promesse formelle de vous revoir. Venez demain matin chez moi: je vous dirai des choses qui vous intéresseront.

— Et quoi donc ?

— Venez demain, vous le saurez. Ce soir je dois rester secret. J'ai votre parole ?

— Vous l'avez, Monsieur, à demain.

Tout émotionnée, comme grisée, la tête bourdonnante, elle prit la carte qu'il lui tendait, sauta en bas de la voiture qui venait de s'arrêter, puis jeta un regard sur le carton gravé et lut :

MAX DE LIZERGES

Rédacteur en chef du *Monde Parisien*

79, rue Ballu.

Marguerite passa une nuit très agitée. Elle sentait au souvenir de Max les battements de son cœur se précipiter et elle dût bientôt s'avouer qu'elle avait été rappée du coup de foudre, de cet amour immense qui éclate dans l'âme de la fillette à la rencontre de l'amant entrevu en rêve.

Mais la crainte de faire mal la retenait.

— Irais-je à son rendez-vous, pensait-elle en s'habillant le lendemain, plus matinale que d'habitude. Seule, chez lui, et avec lui !... Il m'aime et je l'aime... je le sens ! Et cependant s'il me trompait ! Mais non, son visage loyal ne pourrait mentir, ses yeux sont trop francs et son regard trop clair pour savoir déguiser sa pensée. Cependant il paraît riche... et je ne suis qu'une pauvre ouvrière... il le sait... et cela ne l'a pas empêché de m'avouer son amour. Mais les hommes sont si faux ! Non, je n'irai pas !

Ce jour là elle quitta une demi-heure plus tôt la maison de sa tante, avec la ferme résolution de ne pas succomber à la tentation. Elle arriva devant l'atelier, où jusqu'alors sa jeunesse laborieuse s'était écoulée, exempte de soucis : il était encore fermé. Immobile sur le trottoir, ne sachant ce qu'elle devait faire, elle tira machinalement de son corsage, où elle était enfouie dans la tiédeur de ses petits seins virginaux, la carte de Max, dont le nom tentateur flamboya de nouveau à ses yeux.

— Non! je n'irai pas! se répétait-elle, comme pour lutter contre la curiosité qui l'attirait invinciblement chez le journaliste, mais je puis du moins, puisque je suis en avance, aller voir où il demeure. Je reviendrai travailler ensuite.

Quelques minutes après, elle s'arrêtait devant une maison de superbe apparence, aux grands balcons soutenus par des cariatides de pierre, aux grands vitraux derrière lesquels on apercevait des rideaux plissés en satin rose, destinés à tamiser le jour extérieur, trop vif pour les autels de l'Amour.

La curiosité de la jeune fille était maintenant éveillée au suprême degré.

Elle entra sous le vestibule, poussa la double porte en chêne sculpté et ouvrit la loge du concierge.

— C'est ici que demeure M. de Lizerges? demanda-t-elle d'une voix tremblante.

— Oui, Mademoiselle, répondit le pipelet, à l'entresol à droite. Vous pouvez monter, il vous attend!

La jeune fille sembla atterrée. Comment reculer maintenant : cet homme savait qu'elle devait venir!

Le rouge lui monta au visage et la pauvre enfant commença à gravir les marches en marbre blanc recouvertes d'un tapis bleu et or.

Hésitante, elle s'arrêta en haut de l'escalier, mais le concierge, resté en bas, cria, en désignant la porte du doigt:

— Là ! à droite, Mademoiselle ! Appuyez sur le bouton, on va vous ouvrir !

— C'est cela ! ajouta-t-il, lorsqu'elle eût obéi. Et il se retira, en grommelant :

— Elle n'a pas l'habitude encore, la petite : on voit que c'est une nouvelle, mais ça viendra !

Pauvre Marguerite !

Allongé sur le sofa de son salon oriental, Max de Lizerges attendait la jeune fille, sûr qu'elle viendrait, ne doutant pas que son talent fascinateur puisse se trouver en défaut.

Lorsque le valet de chambre l'introduisit, le journaliste se leva, la prit galamment par la main et la fit s'asseoir à côté de lui sur le divan de satin frappé.

— Merci d'être venue, Marguerite, dit-il de sa voix harmonieuse de charmeur, je vous attendais impatiemment, je vous aime tant !

Et ses lèvres se posèrent sur la bouche coralline de la fillette, grisée par une odeur troublante de boudoir qui s'exhalait dans l'air.

— Marguerite, continua Max, je voulais vous prier de m'accompagner au bois ce matin. Le landau est attelé ; il n'attend plus que vous. Nous causerons au cours de notre promenade.

— Quoi, Monsieur, répondit la jeune fille, dans ce costume !

— Il vous sied à ravir, ma chère amie, mais j'en ai un plus digne de votre beauté, ajouta Max en levant un rideau d'alcôve, qui masquait un mannequin revêtu d'une superbe toilette en velours grenat, rehaussé de perles et bordé de martre. Voyez, il est juste à votre taille ! continua le jeune homme en dégrafant le corsage de Marguerite.

— Mais, Monsieur... dit celle-ci en se débattant... je ne puis... me dévêtir devant vous !

— Enfant ! reprit Max en la renversant à demi dans son bras et en embrassant sa gorge qui venait d'émerger nue dans sa beauté triomphale.

Et l'habile jeune homme eut vite achevé son œuvre; mais au lieu d'habiller la fillette, il l'enleva dans ses bras et l'emporta dans sa chambre à coucher, séparée du salon par une simple draperie.

Pauvre Marguerite !

Trois quarts d'heure après, Max appuyait sur un bouton électrique placé à la tête de son lit. Une femme de chambre parut.

— Faites passer Madame dans la salle de bain, ordonna-t-il ; après quoi vous l'habillerez.

La femme de chambre jeta sur les épaules de la mignonne un peignoir en flanelle blanche, chaussa ses petits pieds nus de fines sandales en cuir de Russie et l'entraîna avec elle.

Pendant ce temps, examinons notre héros.

Max de Lizerges était très répandu dans le monde joyeux. Rédacteur en chef du *Monde Parisien*, malgré son jeune âge — il n'avait guère que vingt-huit ans — il était déjà en possession de ce qu'on est convenu d'appeler un nom. Habitué assidu des lieux de plaisir, où il puisait les sujets de ses chroniques, il était connu du Tout-Paris viveur et très recherché pour l'amabilité de son caractère, la vivacité de son esprit, sa gaieté inaltérable et surtout sa bourse toujours ouverte aux amis nécessiteux.

Il aimait à rendre service par goût, n'exigeant aucune reconnaissance, dédaignant même le remerciement banal, parti plutôt des lèvres que du cœur. Le journal quotidien qu'il avait fondé et qu'il dirigeait semblait en bonne voie de prospérité, néanmoins, en cas d'insuccès, Max conservait avec un soin jaloux la fortune respectable que ses parents lui avaient laissée.

On comprendra difficilement qu'avec une nature d'élite comme la sienne, Max n'hésitait pas à jouer ce rôle odieux d'arracher une jeune fille à sa famille pour la jeter bientôt, sans doute, sur le pavé de Paris, sans autre ressource que la prostitution. Et Max, l'homme loyal, foncièrement honnête, dont la conscience de journaliste n'était, chose assez rare, pas à vendre, tramait depuis de longues semaines le filet qui devait lui livrer Marguerite.

Nous avons vu qu'il avait réussi.

Mais Max, que rien ne pouvait éblouir ici bas, ne savait pas résister à ses passions charnelles. Et lorsqu'il avait aperçu, Marguerite, un soir, il l'avait aimée, comme il le lui avoua lui-même, et n'eût plus dès lors qu'un désir : faire sa maîtresse de la blonde fillette, sans s'occuper de l'immoralité de son action, que sa conscience n'avait même pas soupesée. Et aucun fait antérieur n'aurait pu éveiller en lui l'ombre d'un remords, car il avait ramassé ainsi sur le trottoir de la capitale, trois ou quatre enfants du ruisseau, qui y étaient retournées un beau jour ou qui l'avaient trompé avec ses amis. Ces dernières, il les avait jetées à la porte ; elles avaient pour la plupart, poursuivi leur destin et étaient devenues des demi-mondaines assez haut cotées.

Mais le souvenir de ses précédentes maîtresses ne lui venait même pas : tout au bonheur de l'heure présente représenté pour lui par la possession de Marguerite, il oubliait le passé et ne songeait qu'à l'avenir, surtout à celui de la fillette, qu'il entraînait hors de ce vertueux sentier dont une jolie fille, à Paris comme ailleurs, risque fort de s'écarter si un œil vigilant ne la surveille, si une main paternelle ne la guide pas.

Bientôt Marguerite rentra au salon où Max l'attendait. Elle était radieusement belle dans sa brillante toilette, avec son teint lilial légèrement empourpré par la confusion et peut être aussi le plaisir du nouveau et le souci des suites de son aventure. Sa femme de chambre, engagée spécialement par Max à son intention dès qu'il avait eu la certitude de triompher, arrangeait les frisons d'or en révolte sur la nuque de la jeune femme.

— Vous êtes superbe, ainsi, ma mignonne dit Max en la baisant sur le front, et je suis sûr que vous allez faire sensation aux acacias !

Ils descendirent et prirent place dans la victoria qui les enleva au grand trot de deux alezans.

Autour du lac, où toutes les horizontales de haute

marque faisaient leur promenade quotidienne, Marguerite eut un succès de curiosité. Les demi-castors le monocle vissé à l'œil, suivaient l'équipage d'un regard envieux et les belles-petites contemplaient effrontément la jeune femme, jalouses de sa beauté.

— Que c'est beau ! dit soudain Marguerite, toute émerveillée de ce luxe du monde, sans s'apercevoir qu'elle était la plus belle, par sa grâce souveraine et sa fraîcheur non encore flétrie par les nuits de noce.

— Il ne tient qu'à vous, ma chère enfant de continuer cette existence.

— Vous n'y pensez pas ! dit Marguerite, toute songeuse, ces dames sont riches et moi je ne suis qu'une pauvre ouvrière !

— Qu'importe, puisque votre radieuse beauté éclipse la leur !

— Vous voulez être flatteur ; admettons que vous disiez vrai. Mais je vous le répète, je suis pauvre, elles sont riches !

— Ne le suis-je par pour deux, moi ? répondit Max en attirant sa joue contre la sienne.

Marguerite rougit en constatant d'un regard furtif que plusieurs personnes s'étaient aperçues du mouvement hardi du jeune homme.

— Si cette existence vous plaît, insista celui-ci, rien ne saurait vous empêcher de la continuer.

— Et comment ?

— En restant avec moi aujourd'hui, demain, toute l'éternité !

— Non ! oh ! non ! Max !... votre amie, oui... j'accepte, puisque je la suis !...

— Regretteriez-vous déjà, Marguerite, la preuve d'affection que vous venez de me donner ?

— Non, Max, je ne regrette rien, parce que je vous aime.

— Eh ! bien, alors, raison de plus pour demeurer chez moi, où vous aurez une existence heureuse, où vos petites mains ne se piqueront plus aux rudes pointes des aiguilles, où votre petit cœur ne se déchirera plus aux luttes pour la vie !

Marguerite le regardait, ses grands yeux verdâtres rivés dans les siens, n'osant croire à la sincérité du langage du journaliste ; mais lui, emballé, éperdument épris de la belle fille, parlait sincèrement, et, dans le moment, pensait réellement ce qu'il disait.

— Vous m'aimez donc bien, Max? questionna la jeune femme.

— Si je vous aime, Marguerite ? Pouvez-vous en douter et mon offre n'en est-elle pas le témoignage irrécusable ?

— Mais que dirait ma tante si je restais près de vous ?

— Votre tante ? Qu'importe son avis sur votre conduite ? N'avez-vous pas assez souffert ? N'étiez-vous pas, chez elle, la domestique, l'esclave plutôt, de ses enfants, vos petits cousins, que vous avez élevés et qui vous récompensaient de vos soins maternels par des mots méprisants, sinon par des coups. Et lorsque chez votre patronne de la rue Labruyère, vous touchez chaque semaine votre salaire modeste plus encore que vous, si c'est possible, n'êtes-vous pas accueillie par une bordée de malédictions, si la fantaisie vous a prise d'acheter quelque ruban pour parer votre chevelure, ou un flacon d'odeur pour votre mouchoir. Est-ce vrai ?

Marguerite était confondue : Oui, tout cela était vrai ! Depuis la mort de ses parents la pauvre fille était devenue la proie de sa famille qui l'avait accaparée, en avait fait sa domestique. Elle avait dû, pour vivre jusqu'alors, subir toutes les humiliations, car les services immenses qu'elle rendait à sa tante n'étaient pas même récompensés d'un remerciement. A la moindre velléité de coquetterie, naturelle chez toute jeune fille, elle était ridiculisée et sa tante lui disait, l'air goguenard :

— Espères-tu trouver un amoureux aujourd'hui ? Allons, grande dinde, va laver la vaisselle, ça vaudra mieux que de t'attifer comme une gourgandine.

Jamais une parole amie n'avait caressé ses oreilles, et cependant la petite glace à main, interrogée parfois aux heures lourdes d'ennui, lui avait révélé sa grâce mutine de blonde fillette. Elle ne pouvait penser que ses joues à fossettes, veloutées comme une pêche mûrissante, n'attireraient jamais un baiser.

Maintenant elle aimait et se sentait aimée. Son cœur vierge venait de s'ouvrir à l'amour suscité par le charmeur.

Celui-ci s'en était rendu maître dès les premières paroles ; Marguerite était en sa toute-puissance. Cette

O. HAMEL /03

enfant, il en ferait ce qu'il voudrait : elle lui avait appartenu de corps, désormais son âme lui était acquise également.

— Mais où avez-vous appris tout cela ? demanda Marguerite, dès que son émotion se fut un peu calmée.

— Où ?... N'oubliez pas que je suis journaliste, répondit Max avec un fin sourire. J'ai votre parole, Marguerite, n'est-ce pas ? Vous êtes ma bien-aimée. Soyez mon âge gardien, la muse adorable qui me relèvera aux heures d'abattement. Dès ce jour vous resterez près de moi. Souverain jusqu'alors de mon petit *home*, je vous abandonne cette souveraineté et aussi celle de mon cœur !

On était arrivé à la Cascade. Malgré les ardeurs du soleil de mars la matinée était encore froide. Max fit arrêter la voiture, sauta à terre et offrit la main à sa jolie compagne.

Au restaurant, ils se firent servir deux grogs américains.

— Vous voulez faire de moi, reprit Marguerite très rêveuse, ce qu'on appelle une courtisane, une femme entretenue. Croyez-vous que ce soit bien d'accepter une telle situation ?

— Pourquoi non ? J'espère bien que les considérations d'une morale étroite ne sauraient vous faire refuser. Si votre pudibonderie s'effarouche, Marguerite, faites en sorte de la vaincre, je vous apprendrai sous peu à ne pas vous effrayer d'un mot, à ne pas vous laisser rétrécir la pensée.

A ce moment une petite fillette très brune à la mine have, mais aux yeux noirs brillant d'un éclat infernal, vint offrir aux deux amants des bouquets de violettes.

Max saisit le plus gros, lança une pièce à l'enfant, et plaça les fleurs à la ceinture de sa compagne.

— Par votre modestie et votre joliesse, vous méritez ces fleurs, mignonne, dit-il ; quoi de plus joli et de plus modeste que la violette de Parme ?

Madeleine sourit en fixant les fleurs à son corsage.

— Tiens ! mais c'est un joli nom : Violette de Parme ! pas commun et qui vous irait bien. Marguerite, je vous baptise : Violette de Parme. Votre acte de naissance paraîtra dans le *Monde Parisien*, je suis assuré à l'avance qu'il sera répété par mes grands confrères.

— Pourquoi changer mon nom ? demanda naïvement Marguerite.

— Pourquoi ? mais parce que je suis connu. Me voyant avec vous, on parlera de vous, on voudra vous connaître aussi. Je ne puis vous présenter à mes amis sous votre prénom, très gentil, j'en conviens, mais trop bourgeois. Vous êtes Violette de Parme, souvenez-vous en, dans le monde, et Violette tout court dans l'intimité. A moins toutefois que vous ne préfériez un autre nom ?

— Non, j'accepte le vôtre, puisqu'il le faut et puis, il me vient de vous : il m'est donc agréable.

— Merci, ma petite Violette !

Les équipages arrivaient plus nombreux aux Cascades. Les mignonnes dégrafées venaient se réchauffer avant de rentrer à Paris. La plupart, connaissant le journaliste, le saluaient d'un sourire en passant.

Dans un coin du café, Suzanne Dormont, à côté d'Eugénie Bruyère, son inséparable, pérorait ferme, demandant quelle était cette fille amenée par de Lizerges.

— Quelque nouveau *lançage*, sans doute, fit observer Rhénée de Nesles. On sait ce que c'est !

— Par expérience et pour avoir passé par là ! murmura Eugénie Bruyère, qui avait mauvaise langue, au dire de ses amies — seule, paraît-il, Suzanne Dormont était d'un avis contraire...

Bientôt Liane de Rosny entra, au bras de son amant, jeune héritier d'un négociant millionnaire, qui livrait son patrimoine aux blanches quenottes des horizontales de marque.

— Tiens ! fit observer Eugénie Bruyère, dont la verve mordante était redoutée de toutes ses petites amies, le Petit Confiseur qui vient croquer une praline du drageoir à papa.

Liane de Rosny n'entendit point cette réflexion. Elle quitta le bras de son cavalier et s'approcha de Max de Lizerges.

— Eh ! bien, ce médaillon, je l'attends toujours, dit-elle ; quand tiendrez-vous votre promesse, Max ?

— Encombré de copie en ce moment, chère amie, répondit le journaliste, mais soyez tranquille, vous l'aurez.

— Ah ! si c'était Mireille !

Mireille était la dernière création de Max, qui l'avait trouvée dans un atelier où elle s'étiolait, et lancée dans la circulation.

Max haussa négligemment les épaules en ajoutant :

— Mireille? anciennes histoires ; vous rajeunissez toujours les vieilles lunes, Liane ?

— Et vous, mon cher, vous en faites des étoiles... de café-concert.

— Au moins sais-je leur donner l'éclat que d'autres leur envie !

— Vous les dorez peut-être ?

— Je ne les argente même pas !

— Fatuité, mon cher, vous êtes et vous faites comme les autres.

— Non, pas en tout, Liane. Je ne voudrais point que l'une de ces... mignotes puisse dire de moi, avec Richepin, en me comprenant dans la foule de ceux qu'elle aurait asservis :

> Mais je n'aime pas ce troupeau qui m'aime,
> Ces fronts de vaincus, ces cœurs de valets.

Liane se mordit les lèvres ; la froideur de Max la déconcertait.

Elle fut, après l'avoir quitté, immédiatement entourée et questionnée.

— Quelle est cette jeune personne qui l'accompagne ? demanda Eugénie Bruyère.

— Sa maîtresse.

— Max a une maîtresse ? Etrange ! Et elle se nomme ?

— Violette de Parme.

— C'est lui qui l'aura baptisée. Je reconnais là ses noms de prédilection.

— Elle est très jolie ! fit observer Yvonine Hivernat, une brune superbe, aux grands yeux noirs, aux cheveux frisottants sur les tempes, au grand col empesé.

Rhénée de Nesles lui jeta un coup d'œil éloquent, en souriant.

Attablé près de Liane, le Petit Confiseur ne cessait de contempler Marguerite, ou plutôt Violette de Parme. Liane s'en aperçut et s'en montra inquiète.

— Vous êtes muet, aujourd'hui, dit-elle à son amant ; qui donc peut préoccuper ainsi votre pensée ?

— Mais rien, je vous assure, répondit celui-ci, si ce n'est des affaires très personnelles.

— Très personnelles, je le conçois : vous êtes absorbé par la contemplation de Mlle Violette de Parme, sans doute.

— Quelle folie ! Vous allez être jalouse, maintenant ?

— Pas de toi, mon petit, remarqua Eugénie Bruyère, dont l'oreille exercée suivait toutes les conversations, mais de ton portefeuille.

— Et il est très bien garni ? ajouta Suzanne Dormont ; s'adressant à son amie.

— On ne peut mieux. Liane le sait et elle tient à conserver l'affection de l'héritier des Idrebelle, qui reconnait généreusement les services rendus...

Maurice Idrebelle était fort contrarié que Liane se soit aperçue de son attention pour Violette. Il la savait très jalouse et, avec une candeur d'ingénu, s'imaginait que la jalousie de sa maîtresse était le résultat de son affection pour lui.

La terrasse du restaurant de la Cascade était maintenant tout à fait garnie. Le soleil pâle du printemps auréolait d'or les feuilles naissantes aux verdeurs tendres. Sûr d'avoir produit l'effet qu'il souhaitait, Max se leva, offrit le bras à Violette de Parme et tous deux allaient regagner leur voiture, lorsqu'un nouvel arrivant s'approcha du journaliste.

Ce nouveau venu était Loïs Fontaine-Vineuse, le « médaillonniste » attitré du *Monde Parisien*. Il s'était créé une réputation dans ce genre, par ses saillies sur les demi-mondaines et les artistes. Les viveurs se disputaient, au café, le journal, pour y lire les détails intimes sur la médaillonnée du jour. Parfois plus qu'indulgent, d'autres fois cruel, ailleurs railleur, il savait faire ressortir les qualités ou les défauts des belles petites.

Il n'hésitait pas, lorsque quelque difficulté se présentait, à employer le latin pour braver l'honnêteté. C'est ainsi que l'un de ces récents instantanés, sur Yvonine Hivernat renfermait cette phrase qui avait eu un succès énorme.

« A, paraît-il, accepté son premier rendez-vous
« dans une église, ce qui lui a fait donner, par quel-
« ques joyeux amis, cette devise qu'elle a conservée :
« *Deus dedit, Deus abstulit !* »

Fontaine-Vineuse, âgé de vingt-cinq ans, venait de débuter dans le journalisme, qu'il adorait. Les demi-mondaines le craignaient et l'aimaient tout à la fois, à cause de sa verve incisive et de son calame impitoyable, à cause de sa joliesse imberbe, de ses cheveux châtains et onduleux. Mais lui, indifférent à leur affection comme à leur inimitié, ne les aimait qu'à ses heures...

— Le second de de Lizerges ! murmura Eugénie Bruyère, en le désignant à Suzanne Dormont.

— Non, son premier ! rectifia à haute voix Max, qui avait entendu.

— Tu arrives à propos, continu Max, en faisant asseoir Loïs près de lui. Il me faut un médaillon pour cette belle enfant demain matin.

— Entendu ! le temps de prendre quelques notes.

Et il griffonna quelques lignes sur son calepin, tout en causant.

— Comment se fait-il que tu sois ici aujourd'hui, toi qui es plutôt rare à la Cascade ?

— J'accompagne Suzanne Daunis.

— Ah ! compris !

Suzanne Daunis était la maîtresse attitrée du banquier Worther, un juif riche comme seuls les enfants d'Israël savent l'être. Appelé par une grosse affaire de banque en Allemagne, il avait été obligé de laisser Suzanne dans une solitude qu'elle s'était hâtée de combler. Fontaine-Vineuse, en quête d'interview pour ses médaillons, s'était présenté chez elle au moment où elle s'éveillait après une nuit d'isolement. Suzanne était une grande fille, élancée, aux cheveux ondulés et courts, couleur feu, aux grands yeux noirs, mystérieux, cachant sous une apparence calme un tempérament ardent. Dans son salon asiatique, assise à demi-nue sur un sofa élevé comme un trône, elle avait des apparences de déesse hindoue, et le jeune interviewer s'était laissé tenter — comme cela lui arrivait quelquefois, — par l'aventure. Et Suzanne Daunis, prise du béguin, l'aimait de cet amour insensé et rapide que seules les professionnelles de l'amour savent éprouver. Maintenant, elle ne pouvait plus se séparer de Loïs, qui l'accompagnait partout, le matin au bois, le soir au théâtre, et le tantôt au piano, car il était quelque peu musicien et Suzanne essayait sa voix, son ambition était d'aborder prochainement la scène d'un concert parisien.

Quand Fontaine-Vineuse eut fini, Max le quitta et le médaillonniste rejoignit Suzanne Daunis, qui l'attendait à une table voisine, près d'Adèle Rachel.

— C'est décidément une nouvelle... émission de Max de Lizerges ? questionna celle-ci.

— Oui, répondit Loïs ; il faut bien faire de temps à autres de nouvelles émissions : il y a trop de vieilles espèces en circulation qui ne tarderont pas être démonétisées !

Adèle Rachel froissée — la quarantaine la défrisait — se retira.

A l'hôtel de la rue Ballu, un déjeuner très bien servi attendait de Lizerges et sa maîtresse. On fut très silencieux de part et d'autre : le jeune journaliste, quoique habitué à de telles aventures, était tout grisé de son succès ; Violette, très émue, ne pouvait parler ne trouvant rien à dire.

— C'est entendu, ma petite Violette, dit Max, au dessert : tu resteras avec moi, tu partageras mon existence mondaine, qui semble te plaire et tu auras un rang digne de ta beauté.

Il passa le reste de la journée à installer la mignonne, mais il ne lui restait pas fort à faire, car ayant prévu la chute fatale de Marguerite entre ses bras, toutes dispositions avaient été prises au préalable : la chambre particulière et le boudoir de la future minette étaient artistiquement meublés, sa garde-robe très complète ; elle n'avait donc qu'à entrer en possession de toutes ces choses qui flattaient son amour naissant du luxe.

Le soir, Max voulut aller au théâtre. Violette s'y refusa, trop fatiguée par cette journée enfiévrée.

Elle eut bien le cœur un peu gros en se couchant et en songeant à sa petite chambrette de jeune fille, perchée tout en haut du faubourg, d'où elle pouvait voir le scintillement des étoiles, au-dessus de sa tête, par l'ouverture du toit, tandis qu'ici les tentures lourdes empêchaient toute lueur de pénétrer dans le sanctuaire de cypris, mais Max, entrant sur la pointe des pieds, se glissa au côté de la jeune femme et ses dernières hésitations, ses ultimes remords furent étouffés sous les baisers de son amant.

II

Max était très heureux d'avoir triomphé, plus facilement encore qu'il ne le prévoyait, de la résistance et de la vertu de Marguerite : son habileté consommée de Don Juan lui avait rendu le succès facile.

Une seule chose cependant assombrissait son bonheur ; c'était la naïveté de la fillette, car il craignait pour elle les railleries de ce monde pervers où il venait de la jeter. L'homme aime une épouse candide, mais une maîtresse savante, par une de ces bizarreries étranges, de ces pensées contradictoires qui germent en sa cervelle.

Et Max était un de ces hommes à l'âme double, pétrie à la fois d'idéal et de matérialité, chez lesquels la chair, la matière, le « moi » est d'un réalisme brutalement animal, tandis que la pensée, l'« autre » comme disait de Maistre, aime à se fleurir d'idéal, à s'élever dans les hauteurs parfumées et énivrantes du rêve.

Et à ce moment, c'était son « moi » qui dominait chez lui, qui faisait taire l' « autre ». Il aimait sincèrement Violette, mais, sans s'en rendre compte, il l'aimait de cet amour qui flamble mais ne dure pas. Il pensait qu'il l'aimerait toute la vie, toute l'éternité et ne s'apercevait pas qu'il avait déjà éprouvé cette sensation, moins intense peut-être, mais aussi peu durable. Il ne réfléchissait pas que son âme n'était pas faite pour conserver l'empreinte d'un amour éternel ; qu'il ne pouvait aimer avec cette ferveur qui place l'image de l'adorée sur un piédestal d'où nulle autre image féminine ne peut la faire descendre ; que lui, l'amant passager des horizontales à caprices, ne saurait être l'amant définitif d'une vierge au cœur et aux sens neufs. Il ignorait encore, l'homme aux bonnes fortunes, l'amour pur, immatériel, n'ayant jamais connu que l'amour factice qui naît des sens et non du cœur.

. . . .

Le lendemain matin, en déployant le numéro du *Monde Parisien* ils lurent en première page, cet acte de naissance de la nouvelle recrue du bataillon de Cythère, que, selon sa promesse, Fontaine-Vineuse avait inséré.

Médaillon

Violette de Parme.

La synthèse magique de la rose, fleur d'amour, et du lys, fleur de pûreté, dont furent pétris ses joues et ses lèvres, ses seins et son corps. Frêle bouton de rose mousseuse, couronnée d'une abondante chevelure tissée de fils d'or qui ont, sous le soleil du printemps, des lueurs d'étoile ; yeux de béryl, que ne cercle pas encore le bistre des nuits d'amour, grisants comme l'absinthe dont ils ont les reflets troublants ; menton à fossettes, nid pour les baisers ; taille qui tiendrait dans un cercle de bracelet ; souple comme une péri, frêle comme une ondine.

Gante 5 1/4, chausse 34.

Se déshabille élégamment dans un peignoir très ouvert et très rose, qui laisse transparaître les roseurs de sa gorge, appointée d'incarnat, et se froufroute en des dessous mauve-clair, estompant de reflets opalins sa chair blanche au tissu soyeux.

Ses bijoux : les saphirs et les brillants ; son parfum : la violette ; sa couleur : le violet foncé ; son romancier : Ohnet ; son poète : Musset ; son musicien : Bizet.

Délicieusement sentimentale, n'a jamais connu les bassesses de la vénalité, ce qui n'a pas empêché la fortune de lui sourire, grâce à sa beauté magique.

Tempérament intense ; aime bourgeoisement et mystiquement, mais dans l'ombre et prétend que la clarté est plutôt nuisible.

Caractéristique : Porte des corsets violets, endentellés et embaumés, que tolère difficilement sa poitrine marmoréenne.

Sa devise : *Amor amorem vocat.*

A la suite de la publication de ce médaillon, les lettres affluèrent à la rédaction du *Monde parisien*. Des banquiers, des riches négociants, des jeunes fils de famille, des descendants pas encore descendus de la noblesse, écrivaient à Violette pour lui offrir une situation remarquable, une existence paradisiaque, cousue d'or.

Max lut toutes ces lettres, dans lesquelles de grands noms du d'Hozier étalaient la vilenie de leur instinct bestial, se souillaient dans la bassesse de leurs désirs. Il eut un mouvement pour les anéantir dans le feu purificateur qui flamblait joyeux, mais il préféra les garder. N'était-ce pas un lambeau de la vie de Paris, ces lettres de messieurs très graves, certaines signées de noms inscrits sur les pages de l'Histoire de France, qui n'hésitaient pas à offrir par écrit leur or à Violette pour imprimer à son corps impeccable la salissure de leur étreinte, la souillure de leurs baisers? Puis somme toute, il les devait à Violette, ces lettres d'amoureux séniles, de jeunes vieux avant l'âge, de « michets » du grand monde, qui sont les lettres de noblesse des horizontales. Peut-être aurait-elle plus tard, comme lui, le culte des souvenirs. Alors il les lui remettrait, ces missives qui sont une gloire pour une fille et seraient une honte pour une femme. Car sûrement elle tomberait, Violette, elle tomberait en croyant s'élever.

Et Max tâchait de ne plus penser à tout cela, de chasser ces pensées comme le souvenir d'un mauvais rêve, alors que son instinct, sa prescience de l'avenir, lui montrait l'inéluctable, l'inévitable chute dans la haute prostitution de l'adorée du jour.

Mais vraiment elles étaient drôles, ces lettres, quelques-unes effroyablement réalistes, qui mettaient bien en relief l'âme immonde de la bête humaine, qui levaient le voile de vertu dont des personnalités connues se masquaient, et laissaient voir toute la boue, toute l'ordure, toutes les immondices, toute la pourriture dont était gangrené le cœur de personnages très dignes, qu'on saluait dans la rue. Et dire que cette humanité dégoutante, princière ou bourgeoise, qu'il frôlait tous les jours, le dédaignait presque, lui Max, le journaliste, le viveur, le paresseux, passant son existence entre la salle de rédaction du journal et le boudoir des filles. Ce n'était pas une vie, mon cher, que celle de ces journalistes, de ces artistes, de ces peintres, de ces prétendus esclaves de la pensée et de l'art ! Ils n'ont pas d'intérieur, pas de famille, pas de respect pour la femme, ignorant la bonne petite bourgeoise qui garde chastement — plus ou moins — le foyer, tandis que l'époux, sous prétexte de bourse ou d'affaires, court les maisons de rendez-vous et dit à une fille : Allons ma belle, voilà de l'or : pose ta robe, ôte ta chemise !

Voilà bien ce qu'ils paraissent et ce qu'ils sont, ces nobles et ces bourgeois, rongés de la lèpre de luxure qu'ils cachent sous un masque d'hypocrisie, de pudibonderie, exagérée parce que pas sincère. Ah ! si on pouvait leur jeter une bonne fois à la face toute leur ignominie !

Et Max, rassemblant toutes les lettres d'un geste violent, les lança pêle-mêle dans un tiroir de son bureau.

. . . .

Un matin Suzanne Daunis, toute soucieuse, dit à Fontaine-Vineuse :

— Tu sais, il revient dans trois jours ?

— Qui ça ?

— Worther.

— Allons bon ! Il ne manquait plus que cela ! Alors fini, le rêve ?

— Non, je ne pourrais pas !

— Alors ?

— Alors ? Il ne vient jamais avant dix heures du matin : tu n'auras qu'à être matinal, tu viendras tous les jours à sept heures ?

— C'est cela : et je m'en irai à 9 heures. Et tu crois que cela me sera agréable de penser que je laisserai ma place toute chaude à ce juif ?

— Ecoute, Loïs ne t'emballe pas trop. Je crois que Worther a assez de moi, presque autant que j'ai assez de lui. Tu comprends je m'y connais, et je ne me trompe pas. Je serais enchantée d'en être débarrassée, mais je n'ai pas prévu le lachâge et je n'ai pas de remplaçant sous la main. Alors c'est la misère : sais-tu que Worther me donne trois cents louis par mois ?

— Il est évident que je ne pourrai pas le remplacer près de toi sous ce rapport, car mes moyens me permettraient à peine de t'offrir trois cents sous. Alors ?

— Alors, voilà : Je le lâche avant qu'il ne me lâche et je file dans le midi, en Espagne, n'importe où. Toi tu donnes de mes nouvelles de temps en temps dans ton canard. Il se pique au jeu, s'affole, me fait revenir et pendant ce temps j'ai tout le loisir de lui chercher un successeur. Qu'en dis-tu ?

— Bien joué, Suzanne, et demain...

— Demain je prends le train et je vais à Toulouse.

— Et moi j'annonce ton départ. Attends un peu, tiens, j'écris l'article tout de suite :

« La toute mignonne et toute blonde Suzanne « Daunis, la charmante sportwomen que chacun ad« mirait soit à cheval, soit à bicyclette, dans les « allées du Bois, vient de déserter la capitale et de « fuir dans le midi. Nous apprenons en effet, qu'elle « débutera dimanche prochain au concert des allées « La Fayette, à Toulouse.

« Nous souhaitons à la divette le succès que son « jeune talent lui a déjà attiré à Paris ».

— Mais je n'ai pas d'engagement ? objecta Suzanne.

— Grande enfant ! J'insère cette note demain ; j'envoie le canard au directeur du concert des allées La Fayette, j'y joins un autographe de ton petit Loïs adoré et il t'engage au pied levé. Pas plus difficile que cela. Pense donc, ô Suzanne, on parle de sa boîte dans le « Monde Parisien » et il va pouvoir exhiber une artiste de Paris !

— Tu es gentil, mon petit Loïs !

— N'est-ce pas, mon ange ? Seulement tu vas me donner ta dernière journée et ta dernière nuit, et demain matin, quand l'aurore aux doigts de rose ouvrira les portes de ce beau port breton nommé Lorient, pfuit !!! en route, Suzanne !

La belle minette fit atteler et ils allèrent faire la

O. HAMEL

sempiternelle promenade au Bois. A la Cascade, Fontaine-Vineuse annonça que Suzanne Daunis ayant contracté un brillant engagement partait lendemain.

— Finies, les amours? demanda Viviane, la meilleure amie de Suzanne.

— Suspendues seulement! répondit celle-ci.

— Si ce n'est pas malheureux! crut devoir dire Adèle Rachel, qui n'aimait pas Suzanne, quelle fierté, parce que c'est protégée par un petit chroniqueur qui reste debout toute la nuit pour gagner sa vie!

— Et toi, la belle, répliqua Fontaine-Vineuse, tu te couches tout le jour pour gagner la tienne. Tu as bien de la veine d'avoir une tire-lire où tu peux puiser quand on a mis dedans!

— Imagine-toi, ma chère, que j'ai été engagée comme cela, sans la moindre audition, au pied levé, quoi!

— Au pied de grue! murmura Eugénie Bruyère.

— Bruyère, lui cria Fontaine-Vineuse, vous paraissez ce matin moins métis que de coutume. La jalousie fait blanchir votre teint ma chère: Je vous conseillerais presque une légère lotion de teinture d'iode qui seule serait capable de lui rendre son éclat habituel.

Maintenant, débarrassés des sarcasmes des bonnes langues par ces deux ripostes virulentes, les deux amants purent rester à l'aise, inopportunés, pour jouir de leur dernier jour d'amour.

. . . .

On était au mois de juin. Les amours de Violette

et de Max n'avaient été jusques là ternies par aucun nuage. L'ex-petite couturière s'était faite à sa nouvelle existence et personne n'aurait pu reconnaître Marguerite Turgeon dans l'élégante Violette de Parme qui, devenue l'intime amie de Viviane — en tout bien tout honneur jusqu'ici — accompagnait dans toutes ses sorties la minette esseulée depuis le départ de Susanne Daunis et principalement au Palais de Glace, les deux jeunes femmes étant des ferventes du patinage.

La tante de Marguerite l'avait recherchée et était parvenue à la découvrir. Certain matin elle se présenta rue Ballu et reprocha à Max d'avoir détourné de ses devoirs une jeune fille sage, qu'elle, sa tante, avait eu tant de peine à élever.

Max écouta patiemment, le regard au plafond, semblant rêver. Puis, quand la femme se fût tue, il la regarda les yeux dans les yeux, et interrogea :

— C'est tout?

Et comme elle restait interloquée :

— Voici, continua-t-il, en posant devant elle un billet de banque de cinquante louis. Adieu, Madame et n'y revenez plus !

Il n'entendit désormais plus parler de la famille de sa maîtresse.

Un après-midi, comme Max de Lizergès passait à pied dans la rue Léonie, un « Psitt » discret retentit derrière une persienne mi-close au premier étage d'une maison luxueuse de cette rue déserte. Comme il se disposait à passer son chemin, sans prêter attention à cette sorte de raccolage assez fréquent dans ce quartier, une fraîche voix féminine murmura assez haut pour qu'il entendit :

— Attendez donc un peu.

Max s'arrêta sur le trottoir. Au bout de quelques instants une jeune femme vêtue en grand deuil, les traits voilés d'un long crêpe, descendit et, s'emparant de son bras, lui dit :

— Monsieur, veuillez me suivre. Je désirerais avoir avec vous un court entretien.

Max suivit l'inconnue jusqu'à son appartement, où il pénétra le premier. Là elle le fit entrer au salon et, après l'avoir invité à s'asseoir, ajouta :

— Excusez-moi un moment, je suis à vous de suite.

Puis, soulevant une portière, elle disparut.

Resté seul, Max, habitué à tous les dessous de la vie parisienne se promit bien de se méfier. Il ne craignait pas un guet-apens, étant très brave, mais il n'aurait pas voulu, en servant à établir un alibi, être le complice inconscient de quelque drame mystérieux. Il ne s'arrêta pas plus longtemps à cette pensée, et n'ayant rien de mieux à faire, examina la pièce où il se trouvait.

Ce salon était magnifique : tout de soie bleue et or, dans le style de l'Empire, il était complété par un superbe piano à queue de Gaveau, le clavier était ouvert et, sur le pupitre, une étude de Hændel révélait qu'il appartenait à une véritable artiste. Sur la cheminée en marbre blanc, dominée d'une glace de

Venise, des potiches de Sèvres contenaient deux gerbes de roses, où toutes les espèces étaient représentées, depuis la rose thé, aux paleurs chlorotiques de vierge, jusqu'à la rouge rose mousseuse, dont les pétales semblent encore imprégnés des baisers du soleil.

— Cette dame adore les roses, pensa notre héros ; heureusement j'en ai une à ma boutonnière.

Son regard tomba sur la causeuse ; alors il remarqua dans le tissu bleu de ce meuble, comme dans celui de tous les autres, des bouquets de roses d'une teinte plus accusée, tranchant légèrement sur le fond. Des roses, toujours des roses : c'était autour de lui une symphonie de roses de tous les tons, depuis les plus tendres jusqu'aux plus foncés. Sur la table, en bois de rose, une carte de visite s'étalait, portant à l'angle gauche une rose de Bengale, au-dessous Max lut ce nom :

ROSETTY.

— Mais je suis chez la Fée des Roses ! se dit à lui-même le jeune homme. Qu'est-ce que tout cela signifie ?

A côté de la carte, il aperçut une petite brochure, « Les Litanies de la Rose », par Rémy de Gourmont ; et enfin un numéro récent du « Monde Parisien », dans lequel de Lizerges avait publié les quelques rimes suivantes :

LA ROSE

Combien j'aime, ma belle rose,
Voir s'entr'ouvrir ta fleur mi-close,
Au teint pâle ou bien coloré
D'un très léger reflet pourpré..

Pourquoi donc, fleur bien féminine,
Cacher à nos yeux une épine,
Sous un fin calice enflammé
D'un feu très rouge et parfumé?

Tes couleurs sont les plus magiques,
Mais dans ta traîtrise tu piques
L'imprudent ivre de désir
Qui, de ses doigts, veut te saisir.

Le Seigneur en te donnant l'âme
Menteuse et fourbe de la femme
Voulut aussi, dans sa bonté,
Te donner toute sa beauté,

Et, de la femme sœur jumelle,
Méchamment espiègle comme elle,
Tu fais saigner nos mains; ta sœur
En riant blesse notre cœur!

Max fut flatté que sa mauvaise poésie eut attiré l'attention d'une dame.. C'était, à son avis, un honneur immérité.

Il en était là de ses réflexions, lorsque la femme de chambre de Rosetty, entrant au salon, lui annonça que sa maîtresse l'attendait dans la pièce voisine. Puis elle ouvrit la porte par où l'inconnue avait disparu et se retira.

Max, sur le seuil, demeurait pétrifié d'admiration, sans oser avancer ni reculer.

Cette salle contiguë au salon était une vraie chapelle du culte d'Eros. Toute tapissée de velours grenat, les rideaux de même teinte ne laissaient que faiblement filtrer la lumière extérieure, trop crue pour ce temple de l'amour, qui aime la nuit silencieuse, tout comme les blanches fleurs d'oranger, écloses sous le ciel des Ibères, la craignent. Un beau désordre, effet de l'art, y régnait, et, tout au fond, sous un dais, s'élevait une pyramide de coussins sur lesquels l'inconnue, d'une beauté fulgurante, était nonchalamment étendue.

Elle était vêtue seulement d'une longue chemisette de mousseline rose, qui laissait transparaître les liliales blancheurs de son corps éburnéen, sa chevelure, angéliquement blonde, flottait dénouée sur ses épaules nues et enserrait une superbe rose ponceau, qui s'harmonisait admirablement avec le teint de la mignonne almée, dont les pieds, chaussés de sandales, émergeaient du primitif vêtement, un anneau d'or à chaque orteil. Son regard d'un beau vert smaragdin, jaillissait en gerbe de ses yeux de jade, fixés sur Max, tout troublé par cette vue et les senteurs enivrantes qu'exhalait ce boudoir, digne rival des harems d'Orient.

Mais ce qui surprenait surtout Max c'était l'éclat

infernal de ces deux yeux qui brillaient dans le demi-jour de la salle comme deux fragments d'étoile et donnaient à Rosetty une apparence de princesse de féerie. Ces yeux étaient félins et cependant leur extraordinaire éclat était humide, noyé de langueur.

Lui tendant la main, étincelante de pierreries, la fée dit à de Lizerges :

— Viens, mon beau poète, viens près de moi, car je t'aime. Je suis la chercheuse d'un idéal que je n'ai jamais rencontré avant de te connaître, puisque tu es l'unique que je puisse aimer, qui soit capable de me faire éprouver les sensations neuves, jamais encore ressenties. Approche, je suis à toi,

Et les lèvres de l'hystérique enchanteresse se collèrent à celles du jeune homme.

. . . .

Que celui qui, à sa place, eut résisté, lui jette la première pierre !

. . . .

Lorsque Max revint à lui, il se crut le jouet d'une vision, semblable à celles que procure le haschish. Faisait-il nuit et se trouvait-il dehors ? Mais non : la Fée aux Roses était toujours à son côté, serrant sa tête contre ses petits seins parfumés et ce qui avait causé son erreur étaient une multitude de points électriques, qui constellaient le plafond, et éclairaient le boudoir d'une tendre lumière rose.

Max avait, maintenant, presque peur de l'enchanteresse. Jamais, dans les bras d'aucune autre femme, il n'avait éprouvé cette volupté aiguë jusqu'à provoquer l'évanouissement ; il avait ignoré, jusqu'alors des baisers aussi furieux, des étreintes aussi passionnées et il se sentait brisé, anéanti par les enlacements surhumains de la fée inlassée, dont la bouche baisait encore ses yeux.

Il voulut parler, mais elle lui posa sa petite main sur les lèvres.

— Tais-toi, dit-elle. Ne trouble pas la beauté de ce silence splendide. Je suis une fleur de rêve éclose trop tard, dans un monde trop vieux. J'avais en l'âme un idéal que tu incarnes et je m'attache à toi comme la rose grimpante à l'arbre qui est sa force. Aujourd'hui j'ai l'âme rose et je voudrais, si tu parles, que tu me parles en vers. Ta voix me serait une musique et je croirais, en t'entendant, entendre vibrer les théorbes séraphiques dont les sons effleurent parfois mes oreilles pendant mes rêves d'amour. Mais pourquoi parler : vois, la nuit a voilé l'azur du jour et mon amour a été assez puissant pour te faire passer inaperçue la fuite des heures. Et je t'ai gardé près de moi comme un objet précieux, indispensable à mon cœur. Reste donc encore, reste là, tout près de moi, enfonce ta tête dans la gloire de mes jeunes seins et que leurs boutons de rose fleurissent ta lèvre de leur fleur d'amour !

Et Max sentait son cœur se troubler, une griserie l'envahir. Il aurait voulu partir et il ne pouvait pas, immobilisé, rivé à la poitrine fleurie de Rosetty comme par une chaîne de fleurs, tandis que la Fée aux Roses l'attirait plus encore à elle, entre ses bras, qu'elle lui avait jetés autour du cou comme un collier d'ivoire.

Mais il songea à Violette qui l'attendait, qui allait être inquiète, à Violette qui l'aimait éperduement et il voulut se dérober aux étreintes de l'enchanteresse.

Alors celle-ci se redressa et, debout, détacha les épaulettes de sa chemisette qui glissa le long de son corps dans un froufrou soyeux et elle apparut divinement nue, statue de marbre rose, Aphrodite de chair, aux regards éblouis du jeune homme dompté.

— Reste-moi, mon beau poète, dit-elle triomphante, oui, tu me resteras : tu es mien désormais et tu m'appartiens tout entier !

Tout troublé, Max comprit qu'elle disait vrai, que sa beauté magique, sa science de l'amour l'avaient rendue maîtresse absolue de ses sens et qu'il voudrait en vain lutter, il serait vaincu dans la lutte par l'éclat magnétique de ses yeux verts et l'attirance irrésistible de sa petite personne blonde et rose.

Il était dix heures du soir et Max n'était pas encore rentré rue Ballu, où Violette l'attendait en compagnie de son inséparable amie Viviane. Le journaliste devait en effet accompagner les jeunes femmes au théâtre.

Violette se montrait très inquiète car de Lizerges était toujours d'une scrupuleuse exactitude et ne manquait pas, quand il était retenu plus tard que d'habitude, de téléphoner à sa maîtresse pour la tranquilliser.

Viviane se moquait de l'inquiétude de la jeune femme.

— Quelque amourette, dit-elle, ne t'inquiète pas, il te reviendra assez tôt. Et puis, mon Dieu, s'il ne revient pas... !

Violette était devenue toute pâle, Viviane s'en aperçut.

— Qu'as-tu ? questionna-t-elle.

— Rien... Rien... je t'assure. Tu crois, continua Violette, la voix tremblante, que Max pourrait avoir une intrigue ?

— Mais... je ne sais... pas... cela se pourrait bien... répondit Viviane qui regrettait ses paroles, en voyant le mal qu'elle avait fait à son amie.

— Ah ! ça ! continua-t-elle, est-ce que tu aimerais Max, par hasard ?

— Mais oui, je l'aime ? répliqua Violette étonnée.

— Eh bien ! ma pauvre mignonne, il faut te guérir de cette maladie avant qu'elle ne soit devenue chronique : Aimer c'est souffrir !

— Alors toi, tu n'aimes pas le baron ?

— Moi ! Aimer le baron ? Ah ! non, alors ! Et je t'assure que depuis quinze jours qu'il est absent, je profite de l'existence : j'aime pour mon plaisir et pas pour de l'argent.

— Alors tu trompes le baron ? Avec qui ?

— Curieuse ? Avec Fontaine-Vineuse, le petit chroniqueur de ton amant, qui était seul depuis le départ de Suzanne Daunis. Fais comme moi, Violette, et tu ne t'en repentiras pas ?

— Tu aimes Fontaine-Vineuse !

— Pas du tout! Mais il m'amuse : il est drôle et il est... très savant...

— Tu n'aimes personne alors ?

— Si !

Et une gerbe de flamme éclaira les grands yeux sombres de Viviane.

— Qui ?

— Toi !

— Moi ?

— Oui, toi, ma mignonne, fit la belle fille en attirant à elle Violette et en l'embrassant sur la bouche et c'est heureux pour toi : je t'éviterai ainsi de trahir Max, que tu n'étais pas loin de tromper ; je t'apprendrai qu'il est d'autres amours que celles de l'homme égoïste, et tu pourras m'aimer et être aimée de moi sans pour cela cesser presque d'être fidèle à ton amant.

— Viviane ! Viviane ! s'écria Violette, révoltée, tais-toi, tu deviens folle !

— Non, je ne suis pas folle, ou du moins si : je le deviens, parce que je t'aime trop, répondit-elle, se laissant crouler à genoux devant Violette.

— Ah ! continua-t-elle, cachant sa jolie tête brune dans le peignoir de la jeune femme et enserrant sa taille dans le cercle de ses bras, tu ne sais pas, Violette, combien je souffre, car tu ne peux te rendre compte de ce qu'est mon amour pour toi, n'en ayant jamais éprouvé de semblable. Tu ne vois pas que mon affection réclame plus que ton amitié, tu ne vois pas que tu es belle et que je t'aime, avec le cœur, avec les sens, avec l'âme, avec moi toute en un mot, tu ne vois pas que tes baisers me font défaillir et que mon amour est si grand qu'il arriverait à me faire détester Max, car je suis jalouse de lui, jalouse de son bonheur, jalouse de ta possession !...

Elle sanglotait maintenant et, encouragée par le silence de Violette, laissait courir sur elle ses mains caressantes.

Violette, émue, pleurait.

— Ne pleure pas, Violette, ma jolie, reprit Viviane, je reste avec toi, toute la nuit, puisque ton fol amant a fait la sottise de te laisser seule : tu verras si je sais aimer ! Allons, viens faire dodo avec ta grande amie !

Et se relevant, la brune lesbienne entraîna Violette dans sa chambre à coucher.

Max rentra le lendemain matin vers huit heures.

Il trouva chez lui Viviane et Violette, qui, à sa grande surprise, n'eut pas un mot de reproche.

— Vous voilà, grand vilain, dit Viviane, pour rompre le silence lourd qui pesait sur leurs trois visages menteurs, c'est comme cela que vous vous faites attendre ? cette pauvre petite était désolée et j'ai dû rester toute la nuit pour qu'elle ne soit pas seule avec sa tristesse.

Max regarda tour à tour Violette et Viviane, vit que leurs yeux étaient meurtris et fronça les sourcils.

— Je vous remercie, Viviane, dit-il sèchement, de l'intérêt que vous portez à Violette, je vois que vous vous occupez bien d'elle !

— Il le faut bien, mon cher, riposta la lesbienne, puisque vous la négligez !

Max n'insista pas. En toute autre occurence son esprit prompt aurait eut vite raison de la verve impertinente de Viviane, mais sortant des bras de la Fée aux Roses, il n'était plus maître du lui-même ; son cerveau était trop préoccupé et la présence de Viviane triomphante et insolente lui était une gêne. Il entra dans son cabinet, se laissa choir sur le canapé et se prit à songer.

Non, il n'était pas dupe de Viviane. Elle avait, il en était certain, profité des circonstances pour entraîner Violette dans sa passion abominable. Mais c'était sa faute à lui, après tout : pourquoi n'était-il il pas rentré ? pourquoi n'ayant pas su résister à la tentation, ferait-il un crime à Violette d'avoir succombé ? Car, il n'en doutait pas, connaissant Viviane. Du reste, si Violette eut été innocente, elle aurait récriminé, mais non, elle n'avait rien dit, rien, rien ! *Elle* était donc fautive ? Elle avait donc goûté, près de son amie, les joies d'un amour contre nature, en faveur jadis dans la patrie de Sapho ? Son silence était un aveu.

Et Max, tout au souvenir de Rosetty, sentait qu'un abîme venait de se creuser entre lui et Violette, Violette qu'il avait cependant tant aimée !

Mais Viviane entendait profiter de sa victoire.

Non contente de s'imposer au déjeuner entre les deux amants, au dessert elle dit à Max :

— J'emmène votre maîtresse avec moi, mon cher,

une promenade au bois lui fera du bien. Je ne vous invite pas, ajouta-t-elle, railleuse, car je devine que le travail auquel vous vous êtes livré la nuit dernière vous a fatigué. Vous vous surmenez, mon cher Max. Prenez garde à la neurasthénie ! Aussi je vous enlève votre Violette, vous seriez capable d'abuser de vos forces !

— Tu comprends, dit-elle à Violette, lorsqu'elle se trouva seule avec elle dans la victoria, je ne voulais pas te laisser Max. Je suis jalouse de lui !

Resté seul, Max s'abîma dans ses pensées. C'était donc déjà, après quatre mois à peine, la fin du rêve ? Pourtant Violette l'aimait et lui aussi l'aimait encore ! Ah ! si elle le savait ! Si au moins elle était restée près de lui, peut-être l'aurait-elle empêché de se laisser entraîner sur la pente fatale ? Mais non, elle l'abandonnait au moment où son cerveau vide aurait eu besoin d'une direction désintéressée. Au lieu de l'enrayer elle précipitait la fin, elle cédait aux conseils de cette Viviane perverse comme elle avait cédé à ses désirs. Eh ! bien tant pis pour elle !

Et Max, exalté, furieux, prit son chapeau et retourna rue Léonie, où Rosetty l'attendait, sûre qu'il reviendrait, certaine d'avoir asservi par son charme débilitant cette âme d'élite, ce cerveau de penseur, dont elle s'était faite le mauvais génie, qu'elle allait détruire par l'excès même de son amour.

Au bois, Viviane et Violette rencontrèrent par hasard Fontaine-Vineuse avec Worther. Ce dernier, depuis l'abandon de Suzanne Daunis, essayait d'oublier l'infidèle en faisant la noce, Fontaine-Vineuse ne le quittait pas, et faisait rater invariablement toutes les liaisons que le banquier combinait pour remplacer Suzanne.

Viviane, en arrivant, tendit sa bouche rose au chroniqueur.

— Ah ! ah ! dit Worther, en riant, alors ce pauvre baron !

— Chut ! répondit Viviane, voulez-vous bien vous taire, vilain bavard !

— Pauvre baron ! Et dire que ma petite Suzanne en fait peut-être autant !

— Allons, Worther, dit Loïs, n'allez pas encore vous fourrer des chimères dans la cervelle.

Viviane chantonna :

Les chimères sont des oiseaux
Qui nichent au creux des cervelles,
Les chimères sont des oiselles
Qui nichent au creux des cerveaux.

— Suzanne est un ange qui vous adore, continua Loïs, et je suis certain que sans ce brillant engagement à Toulouse elle n'aurait pas mieux demandé que de rester avec son cher Jacob Worther. Mais dam ! vous comprenez, il faut bien qu'elle songe un peu à l'avenir, cette enfant.

— Tu en as un toupet ! dit tout bas Viviane à Loïs.

— Mais n'étais-je pas là pour le lui assurer, son avenir ?

— Qui sait ? Elle a peut-être remarqué que vous

étiez plus froid envers elle, que votre affection s'était attiédie.

— Vous croyez ?

— Je ne crois rien : je suppose ! Et comme elle est d'une rare délicatesse de sentiments elle a peut-être craint de vous importuner. Alors elle a préféré briser son cœur que de vous sembler à charge et elle est partie victime de son amour...

Worther semblait tout ému.

— Si je savais cela, je partirais immédiatement la chercher, dit-il.

— Du calme, du calme, mon cher. Vous connaissez mal les femmes : croyez moi, patientez encore un peu. Il sera temps dans une quinzaine. Du reste vous ne la trouveriez pas à Toulouse.

Jacob Worther pâlit, mordu au cœur d'une jalousie.

— Elle n'y est pas? demanda-t-il.

— Elle n'y est plus depuis hier. Si vous aviez lu le *Monde Parisien* de ce matin vous y auriez vu que Suzanne Daunis vient d'être engagée par le Circo Réal de Madrid.

— Ce n'est pas vous qui avez écrit l'article ?

— Moi ? Comment l'aurais-je su ? C'est sans doute un de mes confrères du journal qui aura reçu la nouvelle d'un correspondant Madrilène.

Fontaine-Vineuse mentait ; il avait fait insérer l'écho la veille, au reçu d'un télégramme de Suzanne lui annonçant son départ pour l'Espagne.

— Vous voyez, poursuivit-il, qu'elle fait son che-

O. HAMEL

min sur les planches et que son talent va bientôt lui suffire à obtenir d'elle-même ce qu'elle devait jadis à votre générosité.

— Pauvre enfant, dit le banquier, je vais lui envoyer immédiatement deux cents louis, car son voyage a dû lui coûter cher! Merci, mon bon Fontaine-Vineuse, de la sympathie que vous lui témoignez et de votre intérêt pour moi!

Tout occupé qu'il fût du souvenir de Suzanne Daunis, le gros banquier ne pouvait s'empêcher de jeter à la dérobée des regards sur Violette de Parme et d'admirer à part soi la beauté superbe de sa jeunesse radieuse. Viviane s'en aperçut et murmura à l'oreille de son amie :

— Il est allumé, le vieux. Si Max te lâche voilà un remplaçant!

Violette ne répondit pas, une émotion violente lui étreignit le cœur et une larme, perle de cristal, pointa au bout de ses cils.

— Déjà, dit-elle!!!!...

III

Rosetty, la Fée-aux-Roses, était une de ces précieuses modernes, pas tout à fait aussi précieuses que celles de Molière, mais bien plus ridicules.

Névrosée moralement, physiquement hystérique, elle s'était éprise d'un idéal qu'elle concevait très mal, qui lui avait été suggéré par la lecture des décadents, des symbolistes, des impressionnistes. Elle s'y était faussé le jugement et avait conçu une idée absolument erronée de leur art.

Elle s'était mise à écrire, rassemblant tant bien que mal des pensées éparses qu'elle avait essayé de coordonner et qu'elle avait plutôt mêlées, voulant en composer un tout qui manquait d'homogénéité. Cela avait paru dans des revues vagues.

Alors Rosetty s'était cru du génie, quand elle n'avait qu'un beau corps, une âme bizarre et des sens ardents.

Depuis elle s'était fait un langage à part, très prétentieux, moitié Louis XIV, moitié Directoire. Elle n'employait que des phrases recherchées, des mots rares, qui lui semblaient très harmonieux et flattaient agréablement son oreille.

Mais — heureusement pour elle — elle était divinement belle et sa manie phraséologique, qui eut été absurde chez toute autre, lui allait à ravir et ces phrases sonores, cette réthorique vieillotte, donnaient à la fraîcheur de sa jeunesse rose un cachet d'archaïsme qui lui seyait admirablement. Elle était comme ces antiques étoffes pompadour, qui, malgré les années, ont conservé la vivacité de coloris de leur premier âge.

Elle avait bientôt ressenti une ambition : celle d'être une Scudéri, une Sévigné, une Staël. A force de penser qu'elle pouvait avoir du talent, elle avait fini par croire qu'elle en avait.

Dans le monde littéraire où elle fréquentait, elle

avait recueilli de grands encouragements, des félicitations même, qui étaient, il est vrai, plus adressées à la femme qu'à l'auteur. Aussi elle n'avait jamais rencontré sur sa route quelqu'un qui s'intéressât sérieusement à elle et put la pousser dans la voie littéraire qu'elle s'était tracée, car en dépit du charme magique que son petit être séraphique dégageait, personne ne semblait s'apercevoir que ce bas bleu possédait une fort jolie jambe rose.

Un jour, elle avait remarqué Max de Lizerges, qui passait fréquemment devant chez elle. Elle l'avait aimé tout d'abord pour sa beauté mâle, puis ensuite pour son talent, lorsqu'elle connut son nom. Et son ambition avait décuplé son amour lorsqu'elle se fût rendu compte de tout le parti que sa personnalité littéraire pouvait tirer d'une liaison avec le jeune journaliste.

Pourtant elle l'aimait bien sincèrement, et sa cervelle folle était tellement détraquée par l'hystérie et l'ambition que les vils calculs venaient salir son amour sans qu'elle même le soupçonnât.

Un soir, entre deux étreintes, elle demanda à de Lizerges de lui insérer le poème suivant. Le jeune homme ne sut pas refuser.

PLUTUS ET LE POÈTE

Un jour Plutus me fit l'offre, très importune
Pour moi qui n'adorais que les jeux et les ris,
Des plaisirs passagers d'une vaine fortune :
Voilà ce que je répondis :

Ce qu'il faut au poète est l'azur de l'espace,
Ce sont les bois feuillus et c'est le dôme bleu
Où le soir luit l'étoile, où le jour l'oiseau passe
Rapide sous un ciel de feu.

C'est le pré verdoyant, ce sont les champs vermeils
Tout émaillés de fleurs, par les brises bercées,
Lorsqu'à leurs pistils d'or les nocturnes soleils
Suspendent leurs pleurs de rosées.

Ce qu'il faut au rimeur, c'est l'infini des mers,
C'est le rêve enchanteur, c'est la douce eurythmie,
Ce sont les blonds soleils, les givres des hivers,
C'est l'amour tendre d'une amie.

C'est la nuit d'Orient, où l'étoile scintille,
L'oasis au désert, sous les cieux embrasés,
Les baisers d'une Muse, aimable et bonne fille
Aux sens ardents, inapaisés.

Ce que j'aime, vois-tu, c'est l'éternel silence,
Sur le sommet altier du mont Pyrénéen,
C'est le volcan versant ses flots d'incandescence,
Pleurs de son œil cyclopéen.

Ce que j'aime, c'est voir sur l'humble violette,
Les perles du matin, boréales fraîcheurs,
Le bleuet azuré, la simple pâquerette
Et ses liliales blancheurs ;

C'est la vague irritée et qu'un rayon allume,
Qui caresse le roc de baisers languissants,
C'est le flot moutonneux et tout frangé d'écume
Où pêchent les gris goëlands ;

C'est le vallon sonore et la haute montagne,
Dont le front orgueilleux, de neige couronné,
Domine le coteau, la plaine, la campagne,
Et le village où je suis né !

Ce qu'il faut au poète est la sainte espérance,
Mais ce n'est point l'argent, aux décevants appas,
Les perles de Golconde et les ors de Byzance
Ne pourraient détourner ses pas.

. . . .

Et je parlais toujours, et j'exaltais mon âme,
Quoique, dans le lointain, Plutus eut disparu,
Je lui chantais l'Amour, les Muses et la Femme :
Depuis oncques ne l'ai revu !

Le lendemain, au café Mazarin, à l'heure verte, plusieurs journalistes entouraient Fontaine-Vineuse.

— Dis donc, Loïs, alors Max insère des vers de femme, maintenant ?

— *Le Monde Parisien* a-t-il donc fusionné avec la *Fronde* ?

— Quand publierez-vous les nouvelles de Marc de Montifaud ?

— Demandez ce qui vient de paraître ; les dernières nouvelles, le cours de la bourse de Lesbos, quinze centimes, trois sous !

— Vous avez tort de blaguer, répondit Fontaine-Vineuse, ennuyé, vous devriez bien voir que notre Rédacteur en chef a une maîtresse qui fait des vers : elle est atteinte d'une métrique !

Et, furieux, le chroniqueur se rendit rue Ballu.

Il y trouva Viviane et Violette ; Max, bien entendu était absent.

Violette, les yeux rouges, était très abattue. Sa petite âme liliale ne pouvait se faire au vice et sa liaison avec Viviane ne la consolait pas de l'abandon de son amant qui ne la voyait presque plus, invoquant des affaires urgentes, ses occupations au journal et une quantité infinie de prétextes qui ne tenaient pas debout.

Dans la journée, pour distraire son chagrin et avoir devant les yeux quelque chose de son amant, elle avait ouvert un tiroir du bureau de Max et y avait trouvé toute la correspondance que celui-ci avait reçue au lendemain de la publication du médaillon consacrant Violette de Parme demi-mondaine. Elle avait lu toute cette prose sale et un dégoût lui était venu au cœur.

Quoi ? est-ce que Max, en l'abordant dans la rue, avait eu l'idée de la lancer dans cette prostitution dorée, après s'être amusé d'elle comme d'un jouet ? Mais non : malgré sa conduite du présent, Max n'avait pas commis cette infamie : la preuve, c'est que ces lettres il les avait lues et ne les lui avait pas remises. Alors pourquoi les avait-il gardées ? Pour les lui montrer plus tard, sans doute. Mais maintenant qu'elle les avait vues, cela suffisait.

Marguerite jeta tous ces billets pêle-mêle dans la grande cheminée, fit flamber une allumette et y mit le feu. Et elle s'arrêta à contempler tous ces petits papiers armoriés et parfumés qui se tordaient dans la flamme et il lui sembla que cette flamme la purifiait.

— Voyons dit Fontaine-Vineuse, aux jeunes femmes, il est temps que cela finisse : il faut prendre une résolution énergique et tirer Max des bras de la goule qui le ruine de toutes les manières. Ne pleurez pas, Violette ; confiez-vous à moi et d'ici peu je vous rendrai votre amant, qui, j'en suis certain vous aime toujours, mais qui a l'esprit malade. Et tout se ressent de l'influence néfaste que la Fée aux roses exerce sur lui, tout, même le journal. Il faut à tout prix arrêter de Lizerges sur le bord de l'abîme, s'il n'est pas trop tard ! Consentirez-vous à faire exactement tout ce que vous dirai ou vous ferai dire par Viviane ? Il est indispensable pour réussir, que vous vous en remettiez absolument à moi.

— Je vous écouterai aveuglément, pourvu que vous me rendiez Max, acquiesça Violette sanglotante.

— A ce prix, je vous réponds du succès.

Quelques jours après, le *Monde Parisien* annonçait que Suzanne Daunis, atteinte du choléra venait de mourir subitement à Nijni Nowgorod, où elle était en tournée artistique depuis une quinzaine.

Le désespoir de Worther fut immense. Il aimait plus que jamais Suzanne depuis qu'il s'en trouvait séparé et l'absence de l'aimée avait réveillé dans le cœur du vieillard son affection endormie. Tous les jours, il parlait d'elle à Fontaine-Vineuse, qui ne répondait rien, mais si le banquier eut été un tant soit peu physionomiste il eut remarqué qu'un imperceptible sourire plissait les lèvres du jeune courriériste mondain.

Un matin, celui-ci arriva de très bonne heure chez le banquier, brandissant triomphalement le numéro du jour du *Monde Parisien*.

— Elle n'est pas morte ! Elle vit ! cria-t-il à Worther dès qu'il l aperçut.

— Qui donc ?

— Suzanne Daunis ! Lisez plutôt vous-même.

« Sur la foi d'un correspondant occasionnel nous « avions annoncé que la toute mignonne et toute « blonde Suzanne Daunis avait succombé en Russie « aux atteintes du choléra. Il n'en est heureusement « rien, car la charmante artiste, poursuivant triomphalement sa tournée artistique à travers l'Europe, est « arrivée avant-hier à Nancy, appelée par un brillant « engagement. »

— Courez-y, Worther, ne la laissez pas s'échapper ! Persuadez-la de vous revenir et emmenez-la pendant trois, quatre mois à travers le monde ; faites-lui voir l'Italie, l'Algérie, la Tunisie, le Sahara, la Mésopotamie, tout ce qu'elle voudra voir ; et lorsqu'elle sera guérie de la rage de voyager, ramenez-nous là à Paris, où elle vivra désormais bien sage et bien tranquille. Allons, dépêchez-vous : volez à la gare, prenez le premier train. En route, en route !

Une heure plus tard Worther roulait sur la ligne de l'Est.

Fontaine-Vineuse se frotta les mains. Après avoir quitté le banquier, qu'il avait accompagné à la gare pour être bien certain de son départ, il se fit conduire rue Ballu.

Violette, toujours triste était au salon avec Viviane ; de Lizerges, vanné, dormait encore.

— Le moment d'agir est venu, Violette, dit Loïs, je vais emmener Max, je le retiendrai longtemps ; pendant son absence faites vos malles et filez vous installer dans la petite villa que Viviane a louée pour vous dans le parc de Neuilly. Surtout n'en bougez pas ; que tout le monde ignore ce que vous êtes devenue; Viviane et moi seuls rompront la monotonie de votre solitude. Ce sera dûr, mais cela est indispensable.

— Tout, je ferai tout pour reconquérir Max, dit la jeune femme. Merci, Fontaine-Vineuse ; comment vous témoignerai-je jamais ma reconnaissance ?

— Ne t'inquiète pas de ça, répondit Viviane, c'est moi qui la lui prouve tous les jours !

Fontaine-Vineuse pénétra dans la chambre à coucher et secoua le dormeur, Max s'éveilla, s'étira, bailla.

— ... ce qu'il y a? demanda-t-il.

— Vite, vite ! des choses graves, dit Loïs.

— Quoi encore ?

— Il y a, mon pauvre vieux, que le journal ne marche plus du tout !

— C'est pour cela que tu m'éveilles à huit heures du matin ? Qu'est-ce que tu veux que j'y fasse ?

— Que tu t'en occupes ?

— Pas le temps ! Occupe-t'en toi ?

— Écoute-moi bien, Max, c'est sérieux ce que je vais te dire. *L'Echo de Paris* a déjà enlevé la moitié des lecteurs du *Monde Parisien*, avant deux mois, *Le Journal*, qui vient de se fonder, nous aura pris le reste.

— *Le Journal* ? avec Fernand Xau ? Non mais, c'est moi qui dors et c'est toi qui rêves ? Est-ce que Xau est capable de fonder un journal quotidien ?

— Tu t'imagines cela toi ? Eh bien ! tu te trompes, parce que tu n'as plus ton antique sûreté de jugement. Xau n'est pas journaliste, mais c'est un administrateur de premier ordre, et il a des millions à sa disposition. Quand tu t'apercevras de ton erreur, il sera trop tard.

— Où veux-tu en venir ?

— Où je veux en venir ? Te dire qu'il faut te remettre à l'œuvre ; te sortir des jambes de l'abominable enchanteresse qui prend ton argent, ta santé, ton honorabilité, ta vie et la nôtre, de cette femme adorable, j'en conviens, mais perverse jusqu'aux moëlles, qui a tué en toi tout ce qu'il y avait de beau et de bon, tout ce que nous admirions ; des bras de cette goule qui a fait de toi le spectre de toi-même, qui fait semblant de t'aimer et qui n'aime en toi que les jouissances luxurieuses que tu lui procures et le parti qu'elle peut tirer de ta situation.

Max voulut protester.

— Non, continua Loïs. Non, elle ne t'aime pas ! Si elle t'aimait, elle n'atrophierait pas ton cerveau par ses étreintes perverses, ses caressses dissolvantes, son amour bestial qui te tuent. Elle n'aime que le mâle en toi... et le vice chez les autres.

— Tu mens ! cria Max.

— *Non* Max, je ne mens pas ; je puis même te le prouver !

— Je ne te croirais pas : Rosetty est fidèle !

— Et si je te faisais voir? Rosetty t'est peut-être restée fidèle jusqu'ici, parce qu'elle n'a pas eu l'occasion de te tromper, mais que cette occasion se présente, que ses sens affolés, et que tu calmes, s'éveillent en ton absence et elle se donnera toute au premier qui saura dompter cette femme au corps d'ange mais au cœur de bête. Elle se donnera comme elle s'est donnée à toi, comme une louve en furie, et son plaisir sera encore doublé en pensant qu'elle te trompe en brisant les nerfs d'un autre, car Rosetty est féroce à force d'amour. Cette jamais repue, cette inlassée, cette Messaline doublée d'une Marguerite de Bourgogne trouvera, au contraire, une joie surhumaine à te faire souffrir, à briser ton cœur, à l'anéantir, comme elle a déjà anéanti tes forces et ton intelligence. Tiens, veux-tu parier, moi qui la connais à peine, que je la possède quand je voudrai, et... devant toi.

— Si tu fais cela, dit de Lizerges en riant, je te croirai.

— Habille-toi et viens.

— J'y vais : nous allons rire !

Les deux amis, à pied, gagnèrent l'hôtel de la rue Léonie.

De Lizerges, qui avait une clé, pénétra suivi de Fontaine-Vineuse, jusqu'au boudoir où Rosetty l'attendait chaque matin. A la porte, Max resta caché derrière la tenture et Loïs entra seul. Il s'arrêta quelques secondes, sans dire un mot, contemplant la divine, qui, à la vue du jeune homme, se leva et s'avança vers lui.

— Que désirez-vous ? demanda-t-elle.

— Toi ? répondit Fontaine-Vineuse.

— Moi ?

— Oui, toi ; je te veux, et je te veux tout de suite, parce que j'ai faim de tes lèvres, faim de tes seins, soif de tes baisers ! Je suis le Juif Errant d'Erotos qui prend son pain d'amour partout où il le trouve : je t'ai vue et je t'ai voulue ; je te veux et je t'aurai !

Rosetty voulut reculer. Fontaine-Vineuse ne lui en laissa pas le temps : il la saisit dans ses bras, cambra ses jeunes reins en arrière et mordit sa bouche d'un baiser cruel.

Et sous cette étreinte de feu, le corps de l'hystérique fut agité d'un frisson ; ses yeux verts étincelèrent de leurs fulgurances étranges, ses seins de marbre montrèrent l'orgueil de leurs pointes roses, un spasme secoua tout son être.

— Je te veux, poursuivit Loïs, parce que tu es la sphynge que nul que moi ne comprend, la goule à la fois infernale et divine qui mange les cœurs et dont l'amour est mortel comme un poison. Tu es de lis et de roses mais sous son enveloppe superbe ton corps d'almée brûle de tous les feux de luxure; et c'est pourquoi j'ai voulu goûter à toi, mordre dans ta chair comme dans un fruit rare. J'aurais pu te courtiser longuement avant que tu te donnes. J'ai préféré t'avoir par la force et je t'aurai: Viens, je te veux!

— *Eh! bien*, prends moi donc, mon beau chevalier sans peur! dit la fée, pamée.

Fontaine-Vineuse l'enleva dans ses bras et la porta sous le dais, dans le fouillis des coussins moëlleux.

. . . .

Quand Fontaine-Vineuse sortit, laissant la Fée aux Roses évanouie, à demi-morte de bonheur, il trouva, derrière la tenture, Max écroulé sur le tapis, pleurant à chaudes larmes.

Il le releva et lui dit :

— Allons, viens, Max; l'opération a été terrible, tu as souffert une souffrance atroce, mais tu es guéri.

En rentrant rue Ballu, Max trouva une lettre sur la table du salon; elle était ainsi libellée :

Mon cher ami,

Puisque votre affection pour moi n'a été qu'un feu de paille, ce à quoi j'aurais bien dû m'attendre, si je n'avais été aussi naïve; puisque, depuis cinq mois bientôt, ma présence vous est devenue à ce point odieuse que vous ne restez plus même la nuit près de moi, je crois vous être agréable en vous rendant votre liberté et en reprenant la mienne.

Je souhaite que celle qui a su s'emparer de votre cœur volage sache aussi mieux que moi le conserver et qu'elle vous donne les satisfactions que, dans mon inexpérience, je n'étais pas apte à vous procurer.

Je vous envoie mon dernier baiser.

VIOLETTE DE PARME.

A côté, bien en vue, déployé, le numéro du *Monde Parisien*, annonçant le départ subit de Worther !

Max regarda Fontaine-Vineuse.

— Partis ensemble, n'est-ce pas ? interrogea-t-il.

— J'ignore ! répondit le chroniqueur très froid.

— C'est bien : seul, je suis tout seul ; seul dans la vie, seul sur la terre, abandonné de tous, je sais ce qui me reste à faire !

Et ouvrant un tiroir, de Lizerges en sortit un mignon revolver.

Fontaine-Vineuse bondit sur lui et le désarma.

— Ah ! non, tu sais, pas de blagues ! dit-il.

— Pourquoi vivre, répondit Max, puisque tout le monde me hait, puisque tous me trahissent ?

— Tu n'es pas gracieux pour moi !

— Toi ! s'écria Max, l'œil mauvais, mais je ne crois pas plus en toi qu'aux autres, maintenant, je ne crois en personne, je ne crois en rien !

— Merci.

— Il n'y a pas de quoi. Pourquoi m'as-tu pris ma maîtresse ?

— Pour te guérir.

— Non, pour satisfaire un caprice d'une minute, pour me la voler ! Car tu la reverras, la Fée aux Roses, avoue que tu la reverras?

— Peut-être, par curiosité !

— Pas par curiosité, parce qu'elle a pris ta chair comme elle avait pris la mienne, à ton tour tu te laisseras entraîner.

— Cela, jamais ! C'est une belle fille, amusante, faisant éprouver des sensations nouvelles... mais de là à lui donner jusqu'à mon cerveau, jamais, mon cher, jamais. Si tu penses cela, c'est que tu me connais mal.

— Je te défends de la revoir !

— Je ne puis te le promettre.

— Pourquoi?

— Parce que je veux te sauver. Si je n'avais Rosetty qu'un seul jour, tu serais capable, dans ton exaltation amoureuse, de lui pardonner son infidélité passagère, de lui revenir, plus dompté que jamais. Aussi, malgré toi, malgré tous, je serai l'amant de la Fée aux Roses, jusqu'à ce que tu l'aies tout à fait oubliée.

— Alors pourquoi me la faire quitter puisque l'autre ne valait pas mieux.

— Tu calomnies Violette ?

— Non, elle est partie avec Worther. Elle est aussi

canaille que l'autre ! Et puis tout cela est une comédie : Violette est la maîtresse de Viviane ; tu le sais et tu le supportes !

— En aimant Viviane, Violette ne te trompe qu'à demi. Evidemment, je suis obligé de supporter cette liaison étrange de ta maîtresse et de la mienne. Pourtant, quelque idée que tu puisses te faire de ma moralité et de ma mentalité, je dois te dire que je n'en suis pas jaloux, les sens de la femme, mon cher Max, diffèrent autant des nôtres que son sexe et nul homme ne peut se vanter de lire au fond d'une âme féminine. S'il pouvait voir ce fond, il y verrait tout à la fois du ciel et de la boue. L'adorable sachet qu'est cette âme cache toujours quelque secret dans ses replis, et elles sont tellement bizarres, ces névrosées comme Viviane, qu'elles sont tout l'opposé de ce que, logiquement, elles devraient être. Ainsi, alors qu'elle devrait être lassée, jamais je ne trouve Viviane plus aimante que lorsqu'elle sort des bras de Violette. Pourquoi ? Mystère ! Elle-même, sans doute, ne le sait pas. Est-ce une forme exagérée du vice ? A-t-elle présent à l'esprit le souvenir de ses joies précédentes ? Je l'ignore. Je le lui ai demandé ; au lieu de me répondre elle a ri : elle ne le sait pas plus que moi.

Alors ?? Oui, Violette est la maîtresse de Viviane, mais aurais-tu préféré, lorsque tu l'abandonnais qu'elle devint celle du banquier ou de quelque autre ?

— Cela n'avait aucune importance, puisque ce que

O. HAMEL /93

Viviane a empêché pendant quelques mois est arrivé quand même.

— Tu n'en sais rien.

— Tout me le prouve. Veux-tu que je te dise, Fontaine-Vineuse, eh ! bien, tu as agi en traître envers moi!

Fontaine-Vineuse pâlit sous l'insulte, mais se contint et répliqua :

— Je ne te permettrai pas de telles violences de langage, Max. Ecoute bien ceci : aujourd'hui je t'ai prouvé que Rosetty se moquait de toi, qu'elle était indigne d'amour véritable, que son corps charmeur cachait un cœur de boue, qu'elle est une gentille poupée dont on peut s'amuser quelquefois mais à laquelle il faut bien se garder de s'attacher. Je t'ai fait voir tout ce dont elle était capable, tout ce qu'il y avait de moisissure dans le cœur de ce joli bouton de rose. Et tu m'as cru, parce que tu as vu, parce que tu ne peux nier l'évidence. Eh ! bien, un jour je te démontrerai de même que Violette, Marguerite, que tu as récoltée dans un atelier, que tu as arrachée au travail honnête, que tu as failli lancer dans la prostitution, serait, sans moi, sans Viviane, qui par un certain vice l'a détournée du vice, serait, dis-je, une fille comme les autres. Et toi, Max de Lizerges, tu aurais commis cette chose honteuse, cet acte abominable, d'arracher une vierge du peuple à sa vie honnête d'ouvrière pour en faire une prostituée du grand monde, après avoir satisfait sur elle ce que tu croyais un amour et ce qui n'était qu'un instinct bestial. Et maintenant, que je t'ai évité ce remords, que je t'ai conservé aussi pure que possible, la seule qui fût digne de toi, la seule qui méritât un amour digne de ce nom, pour prix de mon amitié tu m'accuses de trahison? Je sais. Je t'ai fait subir une douleur cruelle quand tu as vu dans mes bras l'idole que tu croyais intangible pour d'autres ; et tu as pensé que seule la curiosité, l'envie de posséder cette femme m'avaient guidé. Mais je te le répète, cela, il le fallait pour te montrer le monstre où tu ne voyais que l'ange ; il fallait te faire comprendre que cette fille, à toi hier, à moi ce matin, est peut-être actuellement à un autre, au premier passant audacieux qui saura la prendre !

— Tu l'aimeras, te dis-je ! interrompit de Lizerges.

— Jamais cette femme ne sera rien pour moi ; je sais à l'avance que si je me laissais prendre dans la toile de cette araignée aux formes de colibri elle mangerait ma cervelle comme elle dévorait la tienne. Puis j'ai appris à aimer avec les sens et pas avec le cœur, et mon cœur d'agathe a pu passer à travers toutes les boues humaines sans en conserver de souillure. Et je vais plus loin, Max : je reverrai Rosetty, oui, je la reverrai, mais pas par amour : par haine ! Je lui ferai expier tout le mal qu'elle t'a fait et tout celui qu'elle a fait souffrir à Violette, et son corps adorable, que tu couvrais de baisers, ignorant le quelque chose d'innomable qu'il recouvre, je le cinglerai à grands coups de cravache, quand j'en aurai assez ! Je lui ferai endurer toutes les souffrances physiques ; à elle qui a infligé les plus affreuses tortures morales à Violette, je la verrai à mes pieds, domptée comme une bête fauve, embrassant ma main gauche tandis que ma droite la fouaillera, je la verrai implorer un baiser et j'aurai alors une joie sauvage à lui crier : Fiche-moi le camp ; tu me dégoûtes ! Voilà ce que je ferai ; Max. Mais avant tout je veux te guérir ; car tu es malade. Après, quand ton esprit sera redevenu sain, quant tu seras ce que tu étais autrefois, je te rendrai Violette et je te la rendrai intacte ; et tu verras que si elle a dû s'égarer quelque peu dans les sentiers jolis de Mytilène, lorsqu'elle te retrouvera, plus épris d'elle que jamais, elle oubliera vite Viviane et reviendra à l'orthodoxie.

— Je n'aime plus Violette, Loïs ?

— Si tu ne l'aimais plus tu ne la regretterais pas. Et tu la regrettes, avoue-le, comme je t'avoue que j'ai voulu te faire croire à sa trahison, pour savoir si réellement elle te tenait encore au cœur. Et j'ai vu et je suis persuadé ! Repose-toi, prends des distractions saines, oublie Violette, oublie Rosetty, oublie toutes les femmes, fais de l'exercice le matin, travaille le tantôt, couche-toi de bonne heure, lève-toi de grand matin ; et dans quelques semaines tu auras recouvré le calme de tes sens énervés ; tu te souviendras qu'il y a quelque part une petite Marguerite que tu voudrais bien encore effeuiller. Alors tu ne m'appelleras plus traître et tu me diras : Merci, Fontaine-Vineuse, tu es un brave ami !

Max, qui, effondré dans un fauteuil, se tenait le

front entre les mains, tendit sa droite à Loïs et lui dit :

— Pardonne-moi ma violence injuste de tout à l'heure, Fontaine-Vineuse, mais, vois-tu, mon pauvre vieux, je souffre trop !

Le jeune chroniqueur serra la main qui lui était tendue, la conserva quelques instants dans la sienne, puis dit :

— Allons, Max, viens déjeuner avec moi ; viens commencer ta cure, il est grand temps !

IV

A la Villa du parc Saint-James, à Neuilly, Violette menait une existence de recluse, en compagnie de Viviane, qui ne la quittait plus, le baron n'étant pas encore revenu de son long voyage.

Viviane n'était parvenue qu'imparfaitement à faire partager à la jeune femme son vice qui, s'il lui émouvait les sens, ne pouvait lui faire oublier les baisers de Max.

Au contraire, quoique ayant pour Viviane une immense affection, elle éprouvait chaque jour plus de répulsion pour ses caresses. Un soir, pour la distraire, Viviane l'avait entraînée dans un music-hall parisien. Là, elles avaient rencontré Yvonine Hivernat, accompagnée d'une jeune fille, une enfant presque, dans laquelle Violette avait reconnu la petite marchande de fleurs à qui Max avait acheté le bouquet de violettes de Parme, le jour où il lui avait donné le nom de cette modeste fleur du printemps.

Elle s'étonna de cette transformation, mais Viviane lui expliqua :

— Yvonine a vu une fois la gamine et s'en est follement éprise, mais la petite, vicieuse avant l'âge, sachant la passion qu'elle inspirait, a su résister. Si elle allait au vice, elle voulait au moins que ce vice lui profitât. Aussi elle ne céda à la brune Lesbienne que lorsque celle-ci l'eût tiré de la misère et prise avec elle. Alors, Yvonine a fait de Mariette sa compagne de chaque heure, jour et nuit, veillant avec une jalousie sur cette gamine qu'elle adore et dont elle étiole la jeunesse sous les étreintes infernales. Cette passion a failli mener Yvonine à sa perte : son amant ne pouvait supporter la présence de la fillette et voulait abandonner sa maîtresse. N'ayant pas réussi à faire rompre cette union il essaya de séduire Mariette, mais Yvonine s'en aperçut à temps et le chassa, préférant l'abandonner que de lui abandonner l'enfant. Lui, dompté, se résigna au partage. Et ma foi, conclut Viviane il a eu raison : Les baisers que nous échangeons ne sont pas ceux que nous devons à nos amants, n'est-ce pas ?

Violette ne partageait pas cette morale trop large. Elle voyait le degré d'aberration où le vice oriental mène ; elle voyait, en pensée, le petit corps, encore frêle et gracile, de la fillette, livré aux souillures de sa grande amie, qui prenait sa vie.

Dégoutée, elle ne répondit pas à Viviane, mais refusa, désormais, de sortir avec elle.

Fontaine-Vineuse venait aussi souvent que possible voir les jeunes femmes et porter à Violette des nouvelles de Max.

— Comment va-t-il ? demanda-t-elle un matin au courriériste.

— Il est toujours sombre, toujours triste, mais le moral est meilleur : il travaille, il prend de l'exercice, je ne le laisse seul que lorsque je ne puis faire autrement.

— Parle-t-il quelquefois de moi ?

Loïs était embarrassé pour répondre.

— Je dois vous avouer que non, ma chère enfant.

Et comme Violette était devenue toute triste :

— Ne vous affligez pas, Violette, Max vous aime toujours sans s'en rendre compte lui-même ; son cœur est trop épuisé, trop rétréci, pour être capable d'éprouver un amour vivace, mais il conserve pour vous un amour latent qu'un événement quelconque fera éclater tôt ou tard.

— Vous avez été bien cruel envers lui...

— Il le fallait. Le chirurgien ne regarde pas au mal qu'il fait ; l'essentiel pour lui est d'extirper la tumeur qui empoisonne. Je ne l'ai pas encore été assez !

— Comment !

— Non ! Il faudrait à Max une nouvelle souffrance morale, une catastrophe qui le jetterait guéri dans vos bras. Je n'ai aucun moyen de la provoquer, mais je compte sur le hasard.

— Si je pouvais au moins le voir !

Fontaine-Vineuse réfléchit.

— Me promettez-vous d'être prudente, d'être maîtresse de vous ?

— Je vous le promets, Loïs.

— Si je vous le fais apercevoir, vous me jurez qu'aucun geste, aucune parole ne traduiront votre présence ?

— Je vous le jure !

— Eh bien ! je vous le ferai voir demain matin. Tenez-vous prête à 7 heures, je passerai vous prendre ainsi que Viviane.

Toute à la joie de revoir l'aimé, la pauvre jeune femme ne put fermer l'œil de la nuit.

Loïs fut exact. Enveloppées de grands manteaux sombres, Violette et Viviane suivirent à pied le chroniqueur.

Dans un étroit sentier feuillu du Bois, Fontaine-Vineuse les fit pénétrer au creux d'un épais buisson, sous les feuilles que l'automne jaunissait.

— Surtout, recommanda-t-il, pas un geste, pas un mot, sans quoi tout est perdu !

— Je serai forte ! dit Violette.

Bientôt une silhouette se dessina au détour du sentier. Max, rêveur, l'œil noyé, marchait à pas comptés. Il était maigri, pâle, et le chagrin avait creusé une ride sur son front.

Devant le buisson où les deux jeunes femmes et Loïs, se tenaient cachés, il s'arrêta, alluma une cigarette, écouta une mésange qui gazouillait, puis reprit sa promenade, du même pas lent, lassé.

A côté de Violette, Loïs se tenait, tout prêt à lui mettre la main sur la bouche si elle manquait de force.

Elle ne bougea pas, retenant sa respiration, mais quand Max fut passé, Fontaine-Vineuse la sentit fléchir. Il la soutint dans son bras et la posa doucement sur l'herbe : l'émotion avait été trop violente et la pauvre jeune femme s'était évanouie.

De retour à la villa, Violette pleura abondamment.

Quoi, c'était cela, l'amour? c'était cela cette existence dorée qu'elle enviait jadis, lorsque de la fenêtre de son petit atelier, elle voyait passer l'équipage de quelque beauté du jour, richement entretenue ? Toutes ces femmes n'aimaient pas comme elle, il est vrai, mais si elles n'avaient plus de cœur, toutes en avaient eu un, toutes avaient aimé, toutes avaient souffert avant de faire souffrir ! Ah ! que de chagrins, que de larmes, que de misères sous ces oripeaux de soie, de satin, de velours, sous les riches costumes des « dégrafées » à la mode !

Viviane et Loïs s'efforçaient de la consoler.

— Mais tu es restée pure, toi, disait Viviane, tu fais ton calvaire, que nous avons gravi et que nous gravissons tous les jours, nous autres, qui ne s'arrêtera que dans quelque salle d'hôpital, avant que notre corps tant de fois désiré, soit déchiqueté par le scalpel d'un carabin. Tu retrouveras la paix de ton âme, tandis que nous, ma pauvre Violette, songe donc et trouve-toi heureuse !

— Tu as de la chance, toi, de t'être habituée à aimer rien qu'avec tes sens !

— Oui, heureusement, sans quoi la vie serait insupportable. Imagine-toi, par exemple, que je me sois attachée à Loïs, qu'arriverait-il quand le baron va revenir ! Mais voilà, nous autres, nous considérons l'amour vrai comme une distraction, un charme auquel on goûte un instant, un rêve que l'on vit quelques heures. Puis quand c'est fini, on embrasse l'aimé une dernière fois, et on repart dans le tourbillon. C'est cela notre vie, à nous ! Oh ! tu sais, Violette, quelquefois on a bien le cœur gros et les larmes ne sont pas loin ; mais qu'y faire ? Ainsi, moi, tu vois, qui suis un peu une fille de marbre, quand je vais être forcée de me séparer de Loïs, je ne tremblerai pas, non, mais j'aurai là, sous le sein gauche, une petite piqûre.

Et vois, je n'aurai pas même la consolation d'être regrettée un peu, puisque Fontaine-Vineuse, qui m'entend, sourit, et ne me croit pas sincère ! Si je disais cela le soir, il penserait que j'ai bu du champagne !

— Allons, n'exagère pas, Viviane, répondit Loïs, si, aujourd'hui je te crois, parce que je pense que tu m'aimes réellement un peu ; puis tu subis l'ambiance du milieu où tu vis. Aussi, quoique je n'aie été qu'un accident dans ta vie, j'espère que tu conserveras quand même un bon souvenir de moi. Toute femme, quelle qu'elle soit, est noble quand elle aime : je crois à l'amour rédempteur !

— Tu es bon, poursuivit Viviane, malgré ta rosserie et ton scepticisme. Un jour tu rencontreras, dans un monde autre que le nôtre, celle qui te semblera digne d'être aimée par toi, et l'heureuse élue aura toute ton affection, sans partage alors! Et tu oublieras les petites amies de ta folle jeunesse, dont certaines, pourtant, t'auront aimé un peu, beaucoup peut-être...

— Non, Viviane, je ne les oublierai pas tout à fait ; je rassemblerai leurs images gracieuses et leurs souvenirs riants, et je m'en tresserai comme une couronne d'amour. Quand viendront les heures de rêveries, quand je jetterai un regard sur le passé défunt, quelques petites figures charmantes, comme la tienne, trancheront, parmi cette guirlande d'aimées, avec les grimaces des fourbes et les rires fêlés des fausses. Et ton nom sonnera gaiement dans le glas des autres noms qui tinteront le *requiem* autour de ma jeunesse morte !

Et Fontaine-Vineuse embrassa Viviane sur le front, chastement.

DEUXIÈME PARTIE

L'Amour Ailé.

I

La matinée était froide, malgré un soleil hivernal aux pâleurs chlorotiques. L'idée n'éclosant pas en son cerveau, Max jugea qu'il valait mieux l'attendre, car, semblable à la femme aimée, la capricieuse fuit quand on la cherche et vient quand on la fuit. Il mit son pardessus et, la cigarette aux lèvres, s'achemina, ainsi qu'il était accoutumé à le faire chaque jour, vers le bois de Boulogne, qui dressait, dans un horizon peu lointain, le rutilement de ses branches veuves de feuilles et chargées de givre.

Encore malade, quoique en bonne voie de convalescence morale, indifférent aux rapides cyclistes qui le croisaient, il s'était enfoncé dans une allée déserte — celle où il venait chaque jour et où Violette l'avait aperçu quelques semaines plus tôt — allée dont les arbres formaient au-dessus de sa tête comme un dôme de cristal. Des rimes lui bourdonnaient dans les tempes, et il se souvenait de deux de ses vers, dédiés au givre :

> Vous ressemblez aux pleurs des femmes,
> Diamants des matins d'hivers.

Et, rêveur, il se laissa tomber sur un banc, sans remarquer que l'autre extrémité était déjà occupée.

En levant les yeux, il aperçut une jeune dame, d'une joliesse mièvre et frêle de statuette de Tanagra. Son visage fin et délicat était auréolé d'un nimbe de cheveux blond-cendré, coiffés d'une toque de loutre ; sa taille fine était frileusement emprisonnée dans un corsage de velours ponceau, et sa voilette relevée laissait briller deux yeux adorablement félins, à la rétine étroite entourée d'un cercle de vieil or, doublé lui-même d'une couronne d'un beau vert émeraude, le tout surmonté d'un superbe arc de cils noirs, où semblaient perler des pleurs et du givre.

Sur le banc, un petit opuscule gisait entr'ouvert. Max reconnut son dernier ouvrage, une histoire d'amour dans laquelle il avait mis toute son âme d'amant à la fois sentimental et violent. Son amour-propre fut flatté : il examina plus attentivement la jeune femme et la trouva plus jolie.

Celle-ci remarqua soudain que son voisin l'observait ; ses joues rougirent ; elle chercha le livre pour le reprendre, mais, par un mouvement trop brusque, sa main heurta le volume, qui s'aplatit sur le sable de l'allée.

Max se précipita, ramassa la brochure et la tendit à la dame.

— Oh ! je vous demande pardon, Monsieur ! dit-elle, encore plus rose.

— Nullement, Madame. Permettez-moi seulement de vous faire remarquer qu'il fait un peu frais ce matin pour se livrer, dans le bois, à la lecture réfrigérante de ce roman.

— Vous connaissez cet ouvrage, Monsieur ?

— Je l'ai lu en effet, Madame.

— Eh ! bien, permettez-moi, à mon tour, de ne pas partager votre avis à son égard. Je trouve que l'auteur a traité son sujet avec une science approfondie du cœur féminin. Peut-être le connaissez-vous.

— Le cœur féminin ?

— Non ; l'auteur !

— Oui... en effet... répliqua Max, embarrassé, c'est... c'est un de mes amis.

— C'est un de vos amis ? Je ne m'étonne plus de votre sévérité ! ajouta la jolie blonde en dévoilant dans un sourire ses jolies dents nacrées.

— Oh ! Madame : c'est un reproche !

— Non, mais il serait mérité, avouez-le, quoiqu'il soit très fin-de-siècle de médire de ses amis, en littérature surtout. Moi, continua-t-elle, rêveuse, je voudrais le connaître, l'auteur !

— Un caprice ? fit étourdiment Max.

— Oh ! Monsieur ! répondit la jeune femme, devenue pourpre, je n'ai pas le droit d'avoir de caprices !

— Vous ne seriez pas femme sans cela.

— Je m'entends : Il y a caprice et caprice ; mais je suis mariée !

— Ce qui vous interdit de lier connaissance avec l'auteur de cette brochure, mon ami, à qui je dois le plaisir de vous parler...

— Ce qui m'interdit ?... Mon Dieu, non ! Rien n'empêche une femme d'admirer un écrivain, de sentir même sa pensée en communion parfaite avec la sienne : ce sont là de ces liaisons purement intellectuelles assez fréquentes.

— Assez fréquentes est de trop, car ces sortes d'amitiés ne tardent généralement pas à se matérialiser ! Quoi qu'il en soit, Madame, si vous voulez bien m'autoriser à vous revoir ailleurs que dans ce bois superbe, sous le soleil matinal, mais glacé, je puis vous promettre de vous présenter mon ami, M. de Lizerges.

— Vous feriez cela ?

— Pourquoi pas ?

— Tenez, dit-elle, en tendant sa main fine à Max, cette bonne promesse me fait vous pardonner vos injustices de tout à l'heure envers lui.

La jeune femme s'était levée ; inconsciemment Max l'avait imitée et tous deux maintenant marchaient côte à côte.

— Et... où pourrai-je vous revoir ? questionna-t-elle.

— Mais chez vous, si vous le désirez.

— Impossible : je vous ai dit que je suis mariée et mon mari est très jaloux...

— Un Othello moderne ?

— Pis qu'un Othello !

— Diable ! vous m'épouvantez ! Je conçois alors que vous compreniez les élans généreux, la science de l'affection que M. de Lizerges témoigne dans son œuvre. J'envie mon ami et son bonheur de posséder — n'accordez, je vous prie, à ce verbe, que la signification la plus étroite — l'âme sœur dont il est compris.

— Oui, oh ! oui, dit-elle, soudain toute triste, ce qui est terrible, épouvantable, dans la vie, c'est de ne pas être comprise par celui qu'on aime, à qui on a donné toute sa jeunesse, dévoué sa vie. Lorsque la pensée, toute pleine d'idéal, aime à s'envoler, à prendre librement son essor, loin des vilaines matérialités de l'existence, il est cruel de ne rencontrer dans le mari que la loi vous a donné, qu'un être matériel et égoïste, ne comprenant pas les côtés faibles et les besoins du cœur féminin. Il faut alors une vertu héroïque pour résister aux tentations qui surgissent de toutes parts, tandis que l'époux insouciant passe à côté de vous dans la vie, sans soupçonner les luttes sublimes de chaque jour pour lui conserver son honneur, son honneur à lui et celui de ses enfants !

Max était ému par l'accent de sincérité de la jeune femme. Il comprenait combien cette petite âme exquise avait dû être torturée pour en arriver à cet épanchement déguisé, mais subit, de ses douleurs intimes devant un étranger.

— On a sa récompense, Madame, dans la satisfaction du devoir accompli.

— Le devoir ? Hélas ! oui ! mais combien il est cruellement lourd parfois !

— Je le sais ! Mais quand le fardeau est par trop insupportable, on peut cependant le déposer...

— Non, jamais. Ce serait manquer à l'essence même de ce devoir qui doit être la seule règle de conduite. La vie est telle qu'on se l'est créée. On doit, quoiqu'il advienne, en supporter les conséquences jusqu'au bout. Toutes celles qui, comme moi, n'ont trouvé dans le mariage que des déceptions, n'ont point ce courage. C'est regrettable, car si, par son caractère ou sa conduite, le mari nous donne parfois le droit d'être une épouse coupable, il ne saurait nous abandonner celui d'être une mère indigne. C'est pour cela que les enfants sont et seront toujours la sauvegarde du foyer conjugal.

— Vous avez des enfants, Madame ?

— Une fillette, oui Monsieur ; elle a cinq ans.

— Je vois que vous vous êtes mariée très jeune.

— A dix-neuf ans. Un mariage d'inclination.

— Je m'en doutais !

— Après ce que je vous disais, cependant, il me semble que vous auriez pu penser tout le contraire ?

— Non pas. Je sais trop ce qu'est le mariage dit d'inclination. On se voit ; on ressent le coup de foudre — ce fameux coup de foudre pour lequel on de-

vrait inventer un paratonnerre — on se lie pour la vie, croyant s'adorer. On s'adore en effet, ne se connaissant mutuellement que sous un faux jour, s'imaginant l'un à l'autre une âme parfaite, remplie de qualités. L'amant, en effet, n'ayant pour sa fiancée que des prévenances, ne laisse pas soupçonner l'époux égoïste, brusque, parfois brutal. La lune de miel que l'on se figurait devoir toujours luire dans un ciel sans nuages, est bientôt obscurcie par un tout petit voile de vapeur ; ce sont ces petits voiles de vapeur, gros comme un flocon de duvet, qui sont précurseurs des plus terribles orages. La tempête éclate alors, pour un rien, une futilité le plus souvent, et tandis que, navrée, l'épouse pleure silencieusement, le mari, furieux, prend son chapeau, file au café, rentre à minuit. Dans leur isolement tous deux se sont aperçus de leur sottise ; le calme revient, la paix est vite faite. Mais le charme est irremédiablement rompu, la frêle fleur d'amour a été brisée par l'ouragan. Bientôt les époux ne ressentent plus l'un pour l'autre qu'une vive affection, remplacée peu à peu par une sincère amitié. Heureux encore lorsque l'un de ces derniers sentiments subsiste ! car il rend tolérable l'existence commune. On se supporte et les amants, qui s'adoraient dans le principe, se contentent alors de s'aimer et de s'estimer.

— Je vois, Monsieur, que vous partagez absolument l'opinion de M. de Lizerges, que vous critiquiez il y a un moment.

— Je n'en disconviens pas, Madame. Mais en lui je critiquais la forme de l'expression et non sa théorie psychologique. Puisque vous désirez le connaître, me permettez-vous de vous donner rendez-vous à... son bureau... je vous présenterai...

— Quel jour?

— Tantôt, si vous voulez.

— Je ne pourrai sortir aujourd'hui ; pas avant mardi même!

— Soit. Mardi prochain donc, de 3 à 5, à la rédaction du *Monde Parisien* ; vous n'aurez qu'à demander M. de Lizerges ; je serai avec lui ; j'y suis presque toujours.

— Je vous remercie, Monsieur. Mais quelle opinion devez-vous avoir de moi ?

— Elle est excellente, je vous jure, Madame. Je vous tiens pour une intellectuelle, lasse des banalités écœurantes de la vie bourgeoise. Vous désirez sans doute vous créer un milieu digne de vos aspirations idéales et, en lisant mon ami, le style vous a révélé l'homme, en communion d'idées parfaite avec vous. N'est-ce pas cela?

— Exactement, Monsieur, et j'admire autant votre perspicacité que le talent de votre ami.

Ils étaient arrivés à la sortie du bois, à la porte Maillot. Elle lui tendit la main, qu'il pressa en s'inclinant et en ajoutant :

— A mardi, sans faute!

Puis seul, avec ses pensées intimes qui lui battaient les tempes, il la regarda s'éloigner, légère et vive, comme une ondine. Elle entra dans la gare du chemin de fer et disparut.

— Suis-je fou ! se dit Max, je n'ai pas même songé à lui demander son adresse ; si elle allait ne point tenir sa promesse ! Mais si : elle viendra !

Et avec cette consolante conviction, il rebroussa chemin et rentra chez lui.

Max de Lizerges attendit fiévreusement le jour du rendez-vous. Cette nouvelle aventure l'attirait par son étrangeté et il se réjouissait de la confusion qu'éprouverait la jeune femme en voyant qu'elle avait fait à lui-même l'aveu de l'affection spirituelle qu'il lui avait inspirée.

Elle ne vint pas au rendez-vous.

Max fut absolument désolé. Il lui semblait qu'il l'aurait adorée, qu'il l'adorait déjà, cette petite femme mignonne aux allures d'ange, si sentimentale, éprise d'idéal et de beau. Si seulement il avait pensé à lui demander, sinon son adresse, mais au moins son nom ! Il l'aurait retrouvée, en la cherchant avec la « furia » du reporter en quête de nouvelles vierges de publicité. Mais il était parti bêtement, stupide après sa disparition, déconcerté comme par une décevante vision.

Tous les matins, il retourna au bois, espérant qu'elle reviendrait rêver sous le bosquet de leur première rencontre. Assis sur le banc, il songeait à elle, qu'il aimait mystiquement et il ressentait une grande peine de l'avoir perdue, pour jamais, sans doute, après l'avoir ainsi trouvée sur sa route, celle qu'il n'osait plus espérer rencontrer dans la vie, après le naufrage de toutes ses illusions, celle qu'on ne rencontre qu'une fois, qui lit votre pensée dans vos yeux avant qu'on l'ait exprimée, dont l'âme est tellement identique qu'elle vibre à l'unisson de la vôtre, dont le cœur bat d'un mouvement synchrone avec le vôtre. Avoir été si près du bonheur entrevu et ne pas l'avoir saisi! C'était par trop bête : il ne se le pardonnait pas.

Et Max se désespérait, lorsqu'un mardi, quinze jours après la date fixée pour le premier rendez-vous, un huissier frappa à la porte de son bureau à la rédaction du *Monde Parisien*, et lui remit une petite carte, dont l'anglaise, finement gravée, lui révéla un nom qu'il ignorait :

MADELEINE JUPY

Habitué aux visites féminines, il répondit indifférent :

— Faites entrer.

La porte entrebâillée s'ouvrit plus grande et elle, l'Inconnue radieuse, l'Aimée mystique, apparut souriant de son joli rire de bouton de rose à demi-épanoui.

— Vous! s'écria Max, qui s'était levé d'un bond et l'avait prise par la main, oh! comme c'est gentil à vous d'être venue !

— Vous m'aviez oubliée, n'est-ce pas ?

— Oh ! non, non, jamais, mais je ne vous espérais plus !

— Je n'ai pu venir plus tôt et je ne pouvais vous écrire, ignorant votre nom.

Max l'avait fait asseoir sur un divan et avait pris place auprès d'elle.

— C'est vrai, dit-il. Si vous saviez combien je me suis reproché de ne pas vous avoir demandé le vôtre. Si je l'avais su, ne vous voyant pas, je vous aurais cherchée.

— Mais vous savez que c'eût été très indiscret ?

— Je le sais, mais j'aurais été excusable : j'ai tant souffert en votre absence.

— Vous avez souffert ?

— Oh ! oui ! et maintes fois je suis retourné, tout triste, et tout seul, à l'allée boisée où pour la première fois je vous ai rencontrée, car...

Madeleine, toute émotionnée, s'était reculée et questionna :

— Car ?

— Car si vous êtes attirée par Max de Lizerges, si vous avez pour lui une affection idéale, Madame, lui vous aime, il vous aime comme jamais vous n'avez été aimée !

Toute tremblante, elle s'était rapprochée de lui, muette, lui abandonnant ses mains dont il s'était emparé. Une larme perlait au bout de ses longs cils noirs ; puis un peu calmée, elle murmura :

— Ainsi c'était vous ! Ah ! j'aurais dû m'en douter ! votre présence seule faisait battre mon cœur ; il m'avertissait et je ne l'ai pas écouté !

Pensive, elle laissa tomber sa tête sur la poitrine de Max ; les mèches folles de sa nuque fauve effleurèrent les lèvres du jeune homme. La tentation était trop violente : elles se posèrent sur son cou blanc.

Madeleine se redressa vivement.

— Oh ! c'est mal ! dit-elle.

— Pourquoi, mon adorée ?

— Parce que je ne suis pas libre.

— Eh ! qu'importe la liberté ? Nos âmes se comprennent, nos cœurs se désirent, le réel bonheur se présente à nous. Cueillons notre jeunesse, croyez-moi !

— Et le devoir Max ! s'exclama Madeleine, dans une révolte subite, quoiqu'elle fut presque vaincue.

— Max « tout court » ! O merci, ma Made bien aimée, merci ! Comme vous êtes belle !

Il lui enlaçait la taille : leurs regards se croisèrent, leurs bouches s'unirent. L'étreinte dura une minute ; sur les lèvres de l'aimée, l'amant buvait son âme.

— Soyez mienne, ma Made chérie ! tous ignoreront notre amour. Nous le cacherons au fond de nos cœurs comme une fleur secrète éclose au plus épais d'un taillis loin des regards jaloux. Nous nous aimerons à la folie et nul ne connaîtra notre bonheur !

— Et le devoir, Max, le lourd devoir !

— On l'oublie, le devoir !

— Jamais ! Nous nous aimerons mystiquement, spirituellement, et notre amour, rendu céleste par sa pureté, durera plus longtemps. Nous nous contenterons des baisers bouche-à-bouche, sans chercher jamais des étreintes plus étroites, des enlacements plus complets. Tiens, Max, mon Max bien aimé, je refuse, je dois te refuser mon corps, mais mon cœur et mon âme sont à toi : prends-les !

Elle le tutoyait maintenant. Il l'enlaça dans ses bras et l'embrassa longuement, la lèvre sur sa lèvre et les yeux dans ses yeux.

— N'est-ce pas, que c'est bon, l'amour sincère, dit-elle, même lorsqu'il est platonique ?

— Oh ! ma petite Made, comme nous allons être tout à la fois heureux et malheureux ! Heureux d'être si près l'un de l'autre, malheureux cependant d'en être encore trop éloignés !

— Non, va. Max, nous ne serons qu'heureux. Tu me diras des choses très douces, tu me répèteras à l'infini que tu m'aimes, tu me câlineras, tu me berceras dans tes bras. Tes baisers d'amant mettront un peu de ciel dans mon cœur ignorant de l'amour : nous serons des époux virginaux, tels qu'Adam et Ève avant le péché.

La comparaison fit sourire Max. Il répondit :

— Soit, mais nous souffrirons. Chacune de nos séparations sera un déchirement, compensé, il est vrai, par la joie de se retrouver, mais sans que cette joie se double de l'échange du gage de notre affection humaine.

— Mais notre Amour ainsi ne sera pas humain, Max ! nous l'aurons divinisé et si tu m'aimes, Max, tu verras que nous saurons le vivre sans trop de douleurs.

— Dans ton intérieur, la vie sera insupportable, ma mignonne. Les caresses de ton époux te sembleront odieuses, tu ne pourras plus les tolérer. Alors lui s'apercevra bientôt que je lui ai volé ton cœur et que tu n'es plus sa femme que de nom.

— Non. Je saurai rester sa femme et être en même temps ta maîtresse idéale. Et, puisqu'il est entendu que nous ne vivons que par idéal, lorsqu'il m'embrassera, je fermerai les yeux et je penserai à toi. Tu peux alors être certain qu'il ne se doutera de rien, car jamais il ne m'aura trouvée si aimante, si délicieusement vibrante.

— Ne vibre pas trop, Made ; tu sais que je t'aime et que je suis jaloux !

— Et pourquoi ? Notre amour diffère de l'amour conjugal par son essence même. Mon mari, lui, ne peut souffrir de notre liaison spirituelle. Peut-être serait-il jaloux de nos baisers d'amour s'il les connaissait, mais il les ignorera toujours. Du reste, ce ne sont pas ceux que je lui dois : les baisers conjugaux n'ont rien de commun avec les baisers d'amants, surtout d'amants mystiques !

— Mais il nous faudra un courage surhumain pour nous aimer ainsi.

— J'en aurai, mon Max, et je saurai t'en donner. La possession, du reste, non seulement ne crée pas le bonheur, mais encore elle lui est contraire, puisque l'amour lui survit rarement. Une ivresse d'une seconde rompt le charme adorable de s'aimer. En restant purement dans le domaine supérieur de l'idéal, notre mutuelle affection sera à jamais à l'abri des ruptures. M'aimeras-tu, Max ?

— Moi, ma Made ? Mais je t'adore, je t'idolâtre comme jamais femme ne l'as été !

Et de nouveau leurs lèvres se rencontrèrent et longtemps restèrent unies.

— Et puis, cela me paraîtra si nouveau, reprit Madeleine, de me sentir aimée, moi qui, dans l'amour, n'ai trouvé que le décevant mensonge ! Tu me le diras bien souvent et bien bas, n'est-ce pas, Max : souvent, sans que je me lasse jamais de l'entendre et bien bas, pour que le secret reste entre nous. Tiens, c'est le ciel qui t'a placé sur ma route, toi que déjà j'aimais sans te connaître, à cause de tes sentiments nobles et de ton âme loyale.

L'heure de la séparation approchait. Madeleine devait rentrer chez elle avant son mari. Max l'accompagna et héla un fiacre. Dans le court trajet de la rue Ballu à la rue de Douai, où elle demeurait, les deux amants ne dirent pas un mot ; il la tenait étroitement enlacée et sa bouche sur la bouche de l'aimée, il aspirait son parfum troublant.

Lorsque la voiture s'arrêta au coin de la place Vintimille, Max, dans l'ultime baiser demanda :

— A quand, maintenant, ma Made ?

— Demain matin, à dix heures, au café de la Poste, près la place Clichy, répondit Madeleine.

Ils s'embrassèrent une dernière fois. Lui, debout

sur le trottoir, la regardait disparaître dans l'obscurité, fine, légère, gracieuse. Lorsqu'elle fut entrée sous sa porte, il s'en retourna lentement, à pied. Il avait besoin d'air, son front, où tout son sang bouillonnait, battait violemment. Il ne savait que penser. Cette petite femme adorable, il l'aimait ardemment, il la désirait de toutes ses forces et il pressentait qu'elle ne lui appartiendrait jamais.

Le lendemain, Max fut non seulement exact, mais encore il arriva au rendez-vous avec une demi-heure d'avance. Au fond de la deuxième salle du café de la Poste, assis sur les coussins de moleskine brune devant la table de marbre où un verre de madère était servi, il suivait d'un œil distrait les spirales bleuâtres de sa cigarette, qu'il consumait lentement pour faire passer plus vite les minutes qui le séparaient de l'aimée.

A part soi, il songeait à l'étrangeté de l'aventure, à sa rencontre fortuite avec celle qui occupait désormais toute sa pensée et qu'il adorait. Il se sentait attiré vers elle par une force irrésistible et cependant il n'osait songer aux suites de cette liaison bizarre, dont il ne pouvait prévoir le dénouement.

Comme l'heure impatiemment attendue sonnait, Madeleine entra. Il la vit de loin s'avancer, toujours vive et gracieuse, divinement souriante. Un petit chapeau, léger comme des ailes de libellule, nimbait délicieusement son auréole de cheveux blond-cendré et son teint pâle de frêle pâquerette lui seyait admirablement ce matin là ; on l'eût dit fille du printemps naissant, issue d'une rose-pompon et d'une fleur de perce-neige, fleur féminine elle-même, attendant pour éclore la tiédeur d'un rayon d'amour.

Il s'avança vers elle. Elle lui tendit sa bouche où fleurissaient ses dents perlées et s'assis près de lui.

— Je craignais que tu ne vinsses pas ! dit Max.

— Et pourquoi ? je te l'avais promis. Ces douze heures m'ont semblé déjà trop longues et j'ai cru un moment que l'interminable nuit ne finirait jamais.

— Heureusement, près de toi, pour te faire prendre patience, ton mari...

— Veux-tu te taire, vilain jaloux, dit-elle souriante en mettant sa petite main sur les lèvres de son amant. Tu sais bien que je n'aime que toi, toi seul, et que je t'aime de toute mon âme.

Mais le lieu était mal choisi pour parler d'amour. Les consommateurs, quoique rares à cette heure matinale, étaient cependant encore trop nombreux pour ne pas être gênants par leurs regards inquisiteurs. En face, dans un coin de la salle carrée, un vieux, au crâne dénudé, à la figure grimaçante et creusée de trous comme une statue de Pan rongée par les hivers, les examinait à la dérobée, et, n'osant de ses yeux vicieux contempler la splendeur et la beauté angélique de leurs physionomies loyales, les épiait dans les grandes glaces.

Max s'en aperçut et, révolté, eût un geste insultant. Le vieux blémit et regarda le jeune journaliste ; celui-ci le fixait déjà et les regards des deux hommes se croisèrent, durs et aigus comme des pointes d'épées. Comme l'autre ne cédait point et semblait le défier, Max saisit son verre et allait le lancer au visage de l'indiscret, mais une pensée le retint : il n'avait pas le droit, pour une folle question d'amour-propre, de compromettre son amie. Il regrettait seulement que le consommateur ne fût pas un peu plus jeune; il aurait quitté un moment Madeleine et, après avoir provoqué l'autre, lui eût donné le lendemain une bonne leçon à Villebon. Mais il n'y fallait pas songer. Aussi rageusement, il se leva et emmena son amante.

Celle-ci s'aperçut du trouble de Max et s'en alarma.

En peu de mots, Max la mit en courant et acheva :

— Si tu veux, ma petite Madé, au lieu de nous rencontrer dans des lieux publics, où nous ne pouvons pas nous dire que nous nous aimons et encore moins faire le simulâcre de nous le prouver, nous choisirons un pied-à-terre où nous pourrons nous voir loin des jaloux, indépendants, libres.

— J'y consens de grand cœur, mais seuls ensemble, auras-tu le courage de supporter l'épreuve?

— Je te promets...

— Soit, j'accepte... Mais ne fronce plus ainsi tes sourcils, tu me fais peur!

— Pardonne-moi. Je ne suis pas patient et ce bonhomme m'a révolté. Viens, nous allons de suite chercher notre nid et, là au moins, je pourrai tout à mon aise baiser tes jolis yeux, tes yeux verts et bleus, tes yeux pers qui troublent ma raison.

— Voyons, dit Made, en riant, sont-ils bleus ou verts?

— Coquette! Tu voudrais que je te le dise comme je t'ai dit déjà que je les adore. Eh! bien, ce matin ils sont délicieusement verts, verts comme l'émeraude, comme l'infini des mers, et grisants comme l'absinthe, la fée verte, la consolatrice des douleurs. Le soir ils sont bleus, semblables aux grands cieux sans nuages, aux turquoises, qui cerclent d'azur les doigts des almées orientales, et matin ou soir, immenses comme la mer ou le ciel, ils représentent pour moi l'immensité, l'immensité de ton amour et du mien.

— C'est gentil cela.

Rue Frochot, où ils étaient arrivés, Max loua une vaste chambre, dans un coquet entresol. Là au moins ils pourraient se fixer des rendez-vous et se voir souvent, tous les jours, sans crainte des rencontres importunes.

Tous les matins et tous les soirs ils se virent là, heureux et seuls, échangeant une foule de baisers, seul témoignage d'affection qui leur fût permis, sans songer à resserrer leur liaison, à devenir criminels.

Un jour cependant Max, grisé par la saveur de la bouche de l'aimée, l'enleva dans ses bras et la porta sur le lit.

Elle, toute troublée, résistait mollement, mais lorsqu'elle eut conscience de ce qui allait se passer, elle rassembla, dans un suprême effort de volonté, toute son énergie et s'écria:

— Max! Max! je t'en prie! je t'en supplie! Jamais!

jamais! non jamais! Sois raisonnable; tu sais que je t'aime, plus que tout, mais... épargne moi...

— Je ne puis plus, ma Made!

— Si tu m'aimes, Max, reste sage. Sois fort contre la tentation: tu me perdrais à jamais!

— Ma Made adorée, sois à moi?

— Soit! dit-elle vaincue. Mais je te jure, Max, que sitôt que j'aurai été ta maîtresse, si je n'ai pas la force de te refuser, Max, j'aurai du moins la force de mourir. La faute sera commise et, dans cette seconde, je le sais, j'aurai vécu tout le bonheur de ma vie et ce bonheur sera trop grand pour que je consente à lui survivre. Ce sera pour moi le maximum du bonheur ce matin et la mort tantôt! Max! Max! de grâce! aie pitié: je ne suis pas libre!

Des larmes roulaient dans ses beaux yeux; un tel accent de sincérité et d'irrévocable décision éclatait dans les paroles de la jeune femme que Max se recula et se laissa choir dans un fauteuil la tête entre les mains.

Elle se releva, s'assit sur les genoux de son ami et l'embrassa:

— Max, dit-elle, je te fais de la peine; mais tu sais bien, mon pauvre ami, que je ne puis être à toi, sois raisonnable! Va je souffre autant que toi: si tu savais combien je t'aime!

— Pardonne-moi, Made, ma Made chérie: c'est moi qui étais fou. Pardonne-moi; ce n'a été qu'un éclair; la passion m'aveuglait. Maintenant, je suis maître de moi!

— Tu dois penser que je suis cruelle, que je te résiste par pure coquetterie. Va, Max, je t'aime trop pour être coquette, mais si je cédais, je serais infâme. Tu n'es pas fâché, dis Max ? Tu sais que je ne dois pas être ta maîtresse. Je te l'ai dit lors de notre première entrevue !

— J'étais fou, ma Made, et tiens, pour m'éviter à l'avenir toute semblable tentation, je vais prendre une mesure énergique.

Max fit monter le propriétaire et lui dit très froid :

— Veuillez, je vous prie, faire démonter ce lit et l'enlever de ma chambre !

L'homme roulait des yeux effarés.

— Vous avez compris, répéta Max. Vous enlèverez d'ici ce lit ainsi que tout ce qu'il contient.

— Mais, Monsieur, ce n'est pas l'habitude...

— Possible, mais c'est ainsi que je l'entends.

— Bien, Monsieur, ce sera fait tantôt.

Lorsque l'hôtelier fut sorti, Max embrassa Madeleine et conclut :

— Comme cela, ma petite Made, j'aurai plus de chances de résister à la tentation. Un lit, tu sais, c'est un meuble trop traître dans les circonstances actuelles !...

II

Rosetty avait un nouvel amant. Cette éprise d'esthétique changeait maintenant d'idéal toutes les semaines. Sa dernière passion était le caricaturiste attitré de la *Vie Joyeuse*, journal hebdomadaire illustré, qui insérait ses dessins sous des noms variés pour faire croire à l'abondance de ses collaborateurs.

Il s'appelait Cholot dans sa famille et s'était baptisé Bel-Ville au journal, pensant que sous peu, ce pseudonyme ferait au nom de Willette un pendant digne de lui.

La Fée-aux-Roses s'était éprise de ce grand jeune homme, comme elle s'était éprise de ses prédécesseurs, sans trop savoir pourquoi, mais probablement à cause de ses longs cheveux blonds, très clairs et bouclés, de ses yeux bleus et doux de scandinave, de sa cravate nouée avec art, de son chapeau mou, de ses mains longues, exsangues, douces aux caresses, et peut-être aussi — les femmes, genre Rosetty surtout, sont si bizarres ! — de son pantalon de turco à carreaux.

Bel-Ville n'était pas méchant, avait un certain talent qu'il s'exagérait un peu — mais ne sommes-nous pas tous ainsi ? — voulait faire des mots et n'avait pas toujours la langue heureuse, car sa timidité excessive était nuisible à son esprit. Il avait de belles pensées que son crayon reproduisait, assez fidèlement, mais que sa langue était rebelle à exprimer ce qui avait fait dire de lui, par quelque aimable confrère :

— Ce qu'il pense vaut mieux que ce qu'il dessine et surtout que ce qu'il dit. Il tient caché le plus beau de son talent.

Chose bizarre, pour son malheur Rosetty lui semblait fidèle et l'effet de cette fidélité s'accentuait tous les jours. Bel-Ville, déjà très maigre, maigrissait encore ; ses yeux s'enfonçaient et ses traits se tiraient. Lui, assez gai d'habitude, devenait sombre. Il était évident pour tous qu'il aimait la Fée-aux-Roses et en était aimé. Elle s'était attachée à lui comme naguère à Max, comme une pieuvre. Les membres de cette femme étaient des tentacules et son adorable bouchette rose une ventouse par quoi elle buvait le sang de ses infortunés amants.

Elle avait conçu contre Max de Lizerges une haine aussi violente que son amour l'avait été, elle était parvenue à faire partager à Bel-Ville ce ressentiment ; elle excitait sa jalousie contre le journaliste en lui parlant de ses anciennes étreintes avec son ex-amant, en enfonçant les souvenirs de ses fauves amours avec Max comme des pointes d'aiguilles dans le cœur du caricaturiste, qui se vengeait en insérant dans son journal des dessins qui ridiculisaient de Lizerges.

Quant à Fontaine-Vineuse, il avait, ainsi qu'il se l'était promis, revu plusieurs fois l'enchanteresse, s'en était diverti et n'y était plus retourné sitôt qu'il en avait eu assez. Et pourtant, Rosetty ne lui gardait pas rancune de cet abandon rapide, quoique cette dompteuse d'hommes fut sérieusement atteinte dans son amour-propre pour en avoir trouvé un rebelle à ses charmes, un qui ait pu mordre à sa chair sans s'empoisonner le cœur.

Fontaine-Vineuse apprit en même temps la liaison charnelle de Bel-Ville et de Rosetty et la liaison spirituelle de Max et de Made. Il en ressentit une double joie, espérant mettre le tout à profit pour ramener son ami à la raison, et le rendre tout à fait guéri à sa chère Violette. Un amour lui avait troublé le cerveau, un autre amour le guérirait. C'était là de la bonne homéopathie.

Aussi, un beau matin, au retour du bois, lui prit-il la fantaisie d'aller voir la Fée-aux-Roses; avec le pressentiment que cette visite hâterait le dénouement.

Comme toujours, il trouva l'enchanteresse dans son boudoir couleur d'amour, dans son habituel déshabillé voluptueux, déshabillé savant où l'harmonie des teintes du vêtement sommaire était aussi impeccable que celle des formes de la divine, dont les longs cheveux dénoués, des lourds cheveux d'hystérique, semblaient sur ses épaules liliales, une coulée d'or fauve.

Rosetty sursauta en l'apercevant.

— Toi ici, s'écria-t-elle. Que me veux-tu encore?

— Toi.

— Tiens? tu y reviens?

— Oui.

— Pourquoi donc? ajouta-t-elle railleuse, un éclair dans ses yeux de félin.

— Parce que je n'ai pas d'autre femme sous la main!

— Insolent. Une envie, alors?

— Non, un besoin !

Rosetty bondit sous l'outrage.

— Tu sais bien, dit-elle, que je suis la fleur rare qu'il faut savoir cueillir sans la froisser. Tout en moi est harmonie, et lorsque, la première fois, tu es venu à moi, avec des paroles d'amour à la bouche, je t'ai accueilli parce que tu incarnais pour moi un idéal. Mais aujourd'hui, tu jettes sous mes yeux ton âme nue, avec tout ce qu'elle a de sale et de grossier, je vois que tu me désires comme on désire un verre d'eau quand on a soif, par besoin. Eh bien ! Fontaine-Vineuse, tu me dégoûtes !

— Que je te dégoûte ou non, je te veux, je t'aurai.

Et Fontaine-Vineuse s'avança sur la Fée-aux-Roses, qui recula

— Je te veux, poursuivit le chroniqueur, et tu te refuses parce que c'est l'heure où ton amant arrive, et cependant je t'aurai quand même, quand je devrai te violer. Je sais que mon étreinte, ainsi, te sera effroyable, et je veux que tu la supportes : je veux même qu'elle te fasse souffrir ce que tu as fait souffrir à Max, à Violette, à tous ceux que tu as domptés, à toutes celles dont tu as brisé le cœur. Allons, Rosetty, dépêche-toi, j'attends.

— Jamais ! cria la fée.

— Hâte-toi d'ôter ces oripeaux qui cachent la beauté de ton corps et livre-moi ces beautés dans ta nudité superbe.

Hâte-toi, je te l'ordonne !

— Jamais ! jamais !

— Allons, prostituée, cria Fontaine-Vineuse, livre-moi ton corps, et plus vite que ça ! D'autres l'ont payé : moi je prends livraison de la marchandise !

Et de sa cravache, le jeune homme cingla les reins de l'hystérique.

Celle-ci poussa un hurlement de douleur et de rage.

Au paroxysme de la fureur, Fontaine-Vineuse arracha d'une main la légère étoffe qui voilait les formes de la Fée-aux-Roses, et de l'autre, il fit pleuvoir une grêle de coups de cravache sur le corps de la fille, dont la blancheur laiteuse se zébra de longs sillons violets.

En quelques secondes, la Fée-aux-Roses tomba sur le tapis, écumante, pâmée, vaincue.

— Viens ! oh mon divin, viens ! clamait-elle. Prends-moi : jamais je ne t'ai autant aimé, jamais je n'ai éprouvé, sous des baisers, les sensations que tes coups ont fait naître en moi. Viens, je t'en supplie !

Et sous l'unique voile de ses blonds cheveux, la superbe fille se roulait dans le désordre des coussins, en proie à une crise d'hystérie.

Mais dans l'ivresse de sa colère, Fontaine-Vineuse ne l'entendait plus. Une dernière fois, la cravache siffla et se tordit, embrassa comme une vipère les contours du corps marmoréen de la Fée-aux-Roses, et sa mèche de fouet vint étoiler de pourpre son ventre auréolé d'or.

Rosetty se cambra, porta les mains à la partie meurtrie, et s'écria :

— Tiens, bourreau ! voici ton œuvre ! Puisque tu fêles le vase saint où tu buvais jadis, brise-le donc tout à fait : achève-le !

Fontaine-Vineuse recula d'un pas, regarda stupéfait la bête superbe qui gisait devant lui et qui, invaincue, s'offrait ; puis, fauve, féroce, bestial, il s'élança, bondit sur elle et appliqua le baume guérisseur de ses lèvres sur la meurtrissure incarnadine.

. . . .

Peu après, la porte s'ouvrit et Bel-Ville apparut, livide.

— Me direz-vous, Monsieur...

— Voilà ! répliqua Fontaine-Vineuse, en cinglant d'un dernier coup de cravache le visage de l'artiste.

Et devant lui, il mordit jusqu'au sang le bout en fleur du sein de la Fée, en manière d'adieu, puis il disparut par la porte restée ouverte.

Dès qu'il fut de retour au journal, Fontaine-Vineuse raconta à Max ce qui venait de se passer.

— Je compte sur toi, tu seras mon témoin, conclut-il.

— Mais Bel-Ville ne se battra pas ! objecta Max.

— Je saurais l'y forcer !

Le lendemain, en effet, Fontaine-Vineuse n'ayant pas reçu les témoins du caricaturiste de la *Vie Joyeuse*, insérait dans le *Monde Parisien*, l'entrefilet suivant :

« Un de nos plus jeunes chroniqueurs parisiens,

« qui est en même temps un de nos collaborateurs, « M. F.-V. a été surpris l'autre matin dans le boudoir de la Fée-aux-Roses, par l'amant de celle-ci, « M. B.-V., caricaturiste de l'un de nos hebdomadaires les plus connus.

« Il n'y a pas eu d'altercation entre eux, M. F.-V. « ayant trouvé beaucoup plus simple de couper la parole à l'amant en titre de la belle, d'un formidable « coup de cravache sur la figure.

« M. B.-V. enverra-t-il ses témoins ? »

Ce jour-là, une douloureuse surprise attendait Max de Lizerges.

Depuis six semaines déjà, sa liaison idéale, son amour ailé avec Made durait, sans qu'aucun nuage ne fût venu l'assombrir. Les deux amants mystiques supportaient héroïquement la tâche lourde qu'ils s'étaient imposée de n'être jamais coupables. Cela avait été fort difficile pendant les premiers jours, mais peu à peu ils s'y étaient habitués, et le jeune journaliste était lui-même surpris de sa propre résistance à la tentation.

Chaque matin, dès que M. Jupy était parti à son bureau, Madeleine accourait retrouver son ami et, pendant de longues heures, ils demeuraient enlacés, bouche à bouche, sans qu'aucune mauvaise pensée ne vînt entacher leur amour virginal, les inciter à devenir adultères.

Made, ce jour-là, arriva toute pâle, bouleversée.

— Qu'as-tu, Made adorée, qu'as-tu ? demanda Max, s'avançant au devant d'elle.

— O Max ! c'est fini ! fini ! dit-elle, fondant en larmes et se laissant tomber dans un fauteuil. C'est fini ! Mon mari vient de recevoir la nouvelle de son changement. Il part ce soir pour Nantes et je dois l'y rejoindre demain !

Max eut un éblouissement. Il tomba aux pieds de l'aimée.

— Made, ma petite Made, tu ne partiras pas, dis ?

— Hélas ! puis-je faire autrement, Max ? je partirai, je le dois, il le faut ; mais mon âme est brisée !

— Alors c'est la fin du rêve ! O mon Dieu ! qu'il a été court !

— Sois fort, Max, et n'achève pas de me décourager. Nous avons eu la force de nous aimer chastement de près, nous aurons celle de nous adorer toujours, en dépit de l'éloignement. Tous les jours, ton portrait et la mèche de cheveux que je t'ai prise un jour seront mes compagnons de solitude et, sevrée de tes baisers, je me croirai néanmoins près de toi. Tiens, j'ai tressé une petite natte de cheveux : la voici et, ne pouvant plus désormais vivre tes lèvres sur les miennes, tu les poseras du moins sur cette petite partie de moi-même.

— O merci, ma Made bien-aimée, merci pour ta bonté, merci pour ton amour immense. Mais nous allons nous séparer sans jamais nous être appartenu.

— O Max, ne songeons pas à salir notre amour, qui a su demeurer blanc, virginal, pur, ailé. Et puis tu m'écriras souvent de ces jolies lettres, comme tu sais les faire, qui murmurent de si douces choses. Je t'écrirai aussi, et nous serons heureux quand même. C'est même ce qui fera la supériorité de notre affection sur toute autre qui se fut trouvée brisée par la séparation : la nôtre subsistera quand même, à travers la distance, à travers notre vieillesse, car nous vieillirons en nous aimant toujours. Je viendrai fréquemment à Paris, une fois par mois, pour voir ma famille, et nous passerons alors ensemble quelques heures qui nous sembleront plus délicieuses encore, parce qu'elles auront été impatiemment attendues.

Max était vaincu par l'admirable résignation de la jeune femme.

— Tiens, dit-il, en buvant ses larmes, tu es superbe moralement, comme physiquement, ma Made : je ferai en sorte d'être aussi vaillant que toi. Et puisque nous avons été des amants mystiques, nous tâcherons de l'être ainsi jusqu'au bout. La nuit, dans les cieux sombres et tendus de velours, tu contempleras l'étoile des Bergers, l'étoile qui protège et bénit les amants, et moi je croirai voir dans ses feux verts le reflet de tes yeux aimés, de tes adorables yeux pers, que je ne pourrai plus baiser que rarement. Mais, en effet, combien nos entrevues seront charmantes, combien ces moments nous sembleront délicieux, lorsque nous pourrons passer l'un près de l'autre une journée d'amour !

Max et Made ne se quittèrent pas pendant toute la journée du lendemain, la dernière qu'ils devaient rester ensemble. Les heures qui les séparaient de l'heure fatale fuyaient, rapides, et à l'approche de l'instant terrible, ils se sentaient défaillir.

Pourtant, il arriva, le moment redouté. Max accompagna Madeleine à la gare d'Orléans, d'où elle allait partir. Il voulut prendre un billet, la suivre jusque là-bas; mais elle l'empêcha de faire cette folie :

— A quoi bon ? dit-elle. Quelques heures de plus c'est beaucoup, il est vrai. Mais là-bas, tu manquerais de courage plus encore qu'ici, et tu ne serais que plus anéanti quand il faudrait nous séparer, et refaire seul, comme un calvaire, le chemin que nous aurions fait tous deux. Reste, mon Max, reste, je t'aimerai toujours, et bientôt je te reviendrai...

Le train allait partir. Ils se donnèrent le dernier baiser, dans lequel ils mirent toute leur âme. Made ne pouvait, malgré son énergie, retenir ses larmes

— Allons, dit-elle cependant, ne pleurons pas, soyons forts, comme nous l'avons été déjà !

— Je t'aime trop, ma Made !

Ils se serrèrent d'une étreinte folle, suprême ; le rapide s'ébranlait brusquement. Max sauta sur le quai et brisé, navré, il regarda le wagon qui s'éloignait. La jolie tête frisée de Madeleine toute en pleurs parut à la portière et, lui jetant des lèvres et des mains un dernier baiser et un dernier adieu, elle cria :

— Surtout, Max, ne m'oublie jamais !

— Je te le jure, ma Madeleine !

Puis Max s'éloigna très triste, l'âme morte.

Comme par hasard, au coin de la place Valhubert, il croisa Fontaine-Vineuse. Absorbé par sa douleur, il aurait passé près de lui sans le voir, si le jeune chroniqueur ne l'avait frappé sur l'épaule pour le tirer de sa rêverie.

Fontaine-Vineuse regarda son ami bien en face, lui vit les yeux humides. Du buffet de la gare, il avait assisté au départ de Made : donc Max était sauvé !

— Bien frais ce matin Max, dit Fontaine-Vineuse. Et il ajouta cruel à dessein : Cette petite promenade m'a fait presque autant de bien qu'à toi ! A propos, tu sais que c'est pour demain matin.

— Quoi donc ?

— Mais ma rencontre avec Bel-Ville ! Tu n'es jamais là ! C'est Laroue qui a tout fait : demain matin, au lever du jour, Parc Saint-James à Neuilly, dans une propriété privée ! Elle est forte celle-là, par exemple : c'est moi qui t'annonce les conditions et le lieu du duel que tu aurais dû m'apprendre ! Les rôles sont renversés, mon cher !

— Si je pouvais les renverser tout à fait...

— Que veux-tu dire?

— Me battre à ta place et me faire tuer !

— Ça jamais !

— Pourtant, c'est à cause de moi que tu te bats ?

— Moi ? Pas du tout ! C'est bien pour moi, pour moi tout seul. J'ai voulu disputer la Fée-aux-Roses à son malheureux propriétaire actuel, c'est à moi de tâcher de gagner la deuxième manche, puisque j'ai gagné la première : sans cela je serai forcé de faire la belle !

— Es-tu bien en forme, au moins ? interrogea Max.

— Je le suppose. Tous les jours je vais chez Mimiague et hier encore, j'ai réussi quelques beaux coups. Puis tu sais après tout : le hasard est un grand maître ; au petit bonheur ! Viens-tu prendre un punch ? Je grelotte.

— Je voudrais avoir ton insouciance, Loïs, Tu es heureux toi, au moins !

— Fais comme moi : chaque jour suffit à sa peine. Pourquoi me ferais-je du mauvais sang ? Si je suis tué demain, je ne peux pourtant pas me pleurer moi-même aujourd'hui : ce serait abusif et prématuré, d'autant plus que je vais faire mon possible pour vivre !

— Toi, tu n'es jamais seul : tu as toujours le souvenir de quelque petite femme qui t'accompagne et l'affection de quelque autre qui t'attend,

— Qui t'empêche d'être comme moi ? Tu serais *plus heureux* que moi-même, si tu le voulais. Je n'ai que des amours de passage, des affections de pacotille, tandis que tu as un amour véritable à cultiver, cultive-le donc comme une fleur rare, précieuse, dont ton cœur respirera le parfum jusque dans sa vieillesse.

— Je voudrais bien, mais elle est partie !

— Ce n'est pas de Madeleine dont je veux parler !

— De qui donc ?

— De Violette !

— Ah ! celle-là ! dit Max, esquissant du bras un

geste vague, celle-là m'avait su prendre et n'a pas su me garder! J'ignore où elle se trouve. Peut-être même ne la reverrai-je jamais?

— Qui sait! conclut Loïs.

Un clair jour printanier commençait à poindre lorsque la voiture qui emportait Fontaine-Vineuse et ses deux témoins, Max de Lizerges et Henri Laroue, s'arrêta devant la villa du parc Saint-James, close d'une grille enlierrée. Derrière l'habitation, à l'abri des regards indiscrets, Bel-Ville, un peu pâle, attendait déjà.

Les places tirées au sort, les épées flambées, le combat commença sous la direction de Laroue, qui prononça le sacramentel: Allez, Messieurs.

Plus grand que Fontaine-Vineuse, mais moins robuste, Bel-Ville se contenta tout d'abord de parer, rompant devant l'attaque serrée de son adversaire.

La première reprise n'amena aucun résultat.

Fontaine-Vineuse, qui ne croyait pas avoir affaire à un adversaire aussi entraîné, s'était un peu énervé. Aussi dès le début de la deuxième reprise, après un battement de fer, il porta au caricaturiste un coup qui l'eut traversé d'outre en outre s'il l'eut atteint. Mais Bel-Ville para et riposta par un coup droit et la pointe de son épée atteignit à l'avant-bras droit Fontaine-Vineuse, qui lâcha son arme.

Violette et Viviane, qui avaient assisté derrière les volets clos de la villa, à toutes les péripéties de la rencontre, sortirent et s'approchèrent du blessé, assis sur l'herbe, entouré de ses témoins et du docteur, qui achevait de bander la petite plaie.

Violette, toute vêtue de noir, se trouvait maintenant entre le docteur et Max.

Ce dernier leva les yeux à l'approche de la jeune femme.

— Ah ! Violette, cria-t-il, lui ouvrant les bras.

Violette s'y précipita.

— Pardon ! Pardon ! ma bien-aimée ! dit Max à demi-voix. Pardon de t'avoir tant fait souffrir.

— Tout est pardonné Max, puisque je suis heureuse !

— Ah ! non ! vous savez, dit Fontaine-Vineuse en se relevant, il ne me faut pas d'émotions ; le docteur l'a défendu. Allons donc plutôt déjeuner, je meurs... de faim. Après le coup d'épée, le coup de fourchette, cela fait partie du code d'honneur de tout journaliste qui se respecte.

— Mon brave Loïs ! dit Max, tu me rends le bonheur et ce bonheur tu le paies de ton sang.

— Quelques gouttes de plus ou de moins, il m'en reste assez pour ma consommation personnelle, mon vieux Max. Mais où donc est Viviane ?

Sur un banc, à quelques mètres en arrière, Viviane, la fille de joie, la femme sans cœur, qui menait ses amants à la ruine ou au suicide, Viviane terrassée par l'émotion qu'elle avait éprouvée en voyant celui qu'elle aimait vraiment blessé et le bonheur de Max et de Violette, Viviane s'était évanouie.....

Max de Lizerges était resté après le duel, à la villa

du parc Saint-James. Il ne voulait plus retourner au journal, où trop de souvenirs seraient venus l'assaillir. Il remit donc la direction du *Monde Parisien* à Fontaine-Vineuse, et pour vivre un peu dans un milieu sain, dès le lendemain il partit pour le Mont-Dore, emmenant sa chère Violette, qui pouvait seule achever sa cure.

Viviane pleura beaucoup en quittant son amie. Elle se voyait seule de nouveau et dans le dernier baiser d'adieu elle dit à Violette :

— Tant pis ! Pour me consoler je vais faire la noce !

— Tu n'en feras rien du tout ! répliqua Fontaine-Vineuse. Je suis chargé de veiller sur ta vertu, par le baron...

— Je ne m'en serais jamais doutée ! interrompit Viviane.

— ... Et je te garde près de moi, jour et nuit.

— Faudra-t-il te faire ta cuisine et raccommoder ton linge ?

— Si tu pouvais t'y habituer, dit Loïs sérieux, j'essaierais de te repêcher par ce moyen. Mais hélas !...

— Allons, continua-t-il, reste près de moi, jusqu'au retour du baron du moins. Nous tâcherons d'être un peu heureux. Et toi, Max, maintenant que tu as pu reconquérir ta Violette, tâche de la conserver. Fleur pour fleur, rends lui son joli nom de Marguerite, il lui va mieux que Violette de Parme, car elle n'a ni le cœur ni l'âme d'une demi-mondaine. Aime-la de toutes tes forces. Vois-tu, mon vieux, le bonheur est encore dans l'amour pur : le vice n'en est que la contrefaçon !

Et saisissant le bras de Viviane toute émue, Fontaine-Vineuse la ramena avec lui, rue Ballu tandis que Max et Marguerite s'en allaient là-bas, bien loin, vers l'oubli, vers le bonheur, vers l'amour !

III

Depuis six semaines déjà Max et Violette cachaient leur bonheur loin de la capitale, Fontaine-Vineuse avait remplacé son rédacteur en chef pendant son absence et le *Monde Parisien*, sous les efforts du jeune journaliste avait pris un essor nouveau.

Le baron n'étant pas encore rentré, Viviane était restée près de Loïs. Tous deux s'étaient installés dans les appartements vacants de la rue Ballu et, sans y songer, sans s'en apercevoir même, depuis six semaines ils vivaient ainsi, l'un près l'autre, sans penser qu'une heure viendrait où il faudrait se séparer.

La jolie demi-mondaine semblait avoir été transformée. Négligeant son propre intérieur, sa domesticité, ses luxueux équipages qui naguère encore, faisaient son orgueil, elle s'était habituée à demeurer près de Fontaine-Vineuse, ne le quittant pour ainsi dire jamais, venant même fréquemment lire dans son cabinet pendant qu'il écrivait, en un mot vivant sa vie. Lui, de son côté, très occupé par le journal, sortait rarement, et ceux qui les auraient vus ainsi dans l'intimité n'auraient pas douté qu'ils avaient devant eux le ménage le plus uni de Paris.

Un après-midi, comme Fontaine-Vineuse était assis à son bureau, Viviane, les yeux rougis par les larmes pénétra dans le cabinet du jeune homme et se laissa choir sur la chaise longue où elle avait l'habitude de se reposer tandis que son amant travaillait.

Celui-ci accoutumé aux allées et venues de la jolie minette, n'avait prêté aucune attention à son entrée et continuait son travail.

Un sanglot plus violent de Viviane lui fit lever la tête : il vit la pauvre fille, le visage entre les mains, pleurant abondamment.

— Qu'as-tu ? questionna-t-il.

— ???

— Mais c'est stupide à la fin ! Qu'est-ce que tu as, Viviane ?

— Rien !

— Comment rien ! Alors pourquoi pleures-tu ?

— J'ai du chagrin !

— Pourquoi ?

— Qu'est-ce que tu veux que je te réponde ? Tu te moquerais de moi !

— Non, je te promets ; parle ?

— Eh ! bien, je ne veux plus vivre désormais comme j'ai vécu jusqu'ici, j'ai honte de mon passé ; je veux redevenir honnête !

— Ah ! elle est bonne celle-là ! s'exclama Loïs, qui ne put pas s'empêcher de rire. Voilà tout trouvé le sujet de mon prochain roman, avec le titre : *La*

Rédemption de Viviane, ou *l'Amour Rédempteur !* Non, mais...

Mais Fontaine-Vineuse s'arrêta, ses regards étant tombés sur Viviane, qui faisait peine à voir. Il s'approcha de la brune fille et, s'agenouillant devant elle, il but ses pleurs sur ses yeux.

— Allons ! Tais-toi, grande jolie. Je t'ai fait de la peine ; pardonne-moi et raconte-moi tes gros ennuis.

— Tiens, lis ! dit Viviane, en lui tendant une enveloppe mauve, de laquelle Loïs sortit une lettre et cinq billets de banque de mille francs.

Fontaine-Vineuse lut à haute voix.

« Ma petite femme adorée,

« Enfin l'heure de la réunion approche ! Dans « quinze jours, je serai près de ma Viviane bien-« aimée, qui, j'en suis sûr, m'a été bien fidèle pendant « ma longue absence.

« Qu'est-ce qui va apporter un joli cadeau à sa pe-« tite Viviane en sucre ? C'est son gros baron chéri ! « En attendant, je t'envoie ci-joint quelques billets de « cinquante louis pour t'acheter des friandises.

« J'embrasse tes grandes mèches de cheveux noirs, « tes yeux, ta bouche, tes oreilles, ton menton, etc.

« Baron Z... »

La lecture finie, Fontaine-Vineuse leva les yeux : son regard heurta celui de Viviane, noyé de larmes.

— Alors ? interrogea-t-il.

— Alors? répliqua Viviane, Eh! bien, je ne veux pas rentrer avec le baron.

— Parce que...

— Parce qu'il me dégoûte; parce que je le hais; parce que je t'aime. Oh! tu ne sais pas, non! tu ne sais pas, Loïs, comme je suis malheureuse!

— Vois-tu, continua-t-elle, quand les sanglots cessèrent un peu de lui couper la parole, vois-tu, j'ai vécu près de toi pendant bientôt deux mois, et sans que je m'en sois doutée, je suis devenue une autre femme. Te souviens-tu du jour où Max et Violette sont partis? A la gare je t'ai demandé si je devrais faire ta cuisine et raccommoder ton linge... Et toi, tu m'as répondu : Si je pouvais te repêcher, je le ferais; mais, hélas!... Dis, Loïs, t'en souviens-tu?

— En effet, répondit Fontaine-Vineuse, qui pensait à part soi : Mais serait-elle sincère, par hasard?

— Eh! bien, Loïs, la cuisine quotidienne, c'est moi tu entends, moi-même, moi seule, qui l'ai faite ici!

— Mes compliments! dit Loïs, souriant, mais plus ému qu'il ne voulait le laisser paraître.

— Et près de toi, j'ai fait mon apprentissage d'honnête femme; je me suis peu à peu habituée à notre existence commune, nouvelle pour moi, et mon existence passée maintenant me fait horreur. Ces baisers que je te donne, à toi, jadis je les vendais; ma chair, dont tu te grises, je la détaillais à celui qui la payait, comme un commerçant détaille la marchandise exposée à son étal. J'étais une marchande de sourires, une marchande de caresses. Et mon âme était salie par tous les attouchements imposés à mon corps.

Mais l'exemple de Violette, ma vie près de toi, mes remords du passé, tout cela m'a purifiée. Il me semble que mon âme, qui était tombée dans de la boue, vient d'être lavée dans une belle eau claire, bien pure, et qu'elle sent bon, maintenant, comme le gros linge de campagne fleure bon la lessive fraîche.

Aussi je te dis aujourd'hui : Loïs, je t'aime : essaye de me repêcher, puisque tu me l'as offert et tu verras que tu réussiras malgré tes doutes !

— Mais c'est très beau, ma petite Viviane, ce que tu dis là ! C'est très beau : mais as-tu bien songé à ce que serait pour toi l'existence que tu rêves ?...

— J'ai songé à tout...

— Alors cet argent... dit Loïs, en lui désignant les cinq mille francs du baron, tout en surveillant attentivement la physionomie de Viviane.

Mais celle-ci n'eut pas un instant d'hésitation :

— Cet argent ? Je vais le renvoyer au baron, avec une dernière lettre, dans laquelle je lui dirai que Viviane n'est plus une fille qu'on achète pour quelques louis, que Viviane aime sincèrement, qu'elle ne se donne qu'à celui qu'elle aime et ne fera plus désormais un trafic honteux de son corps.

Cette fois Fontaine-Vineuse était convaincu. Il s'assit sur la chaise longue et prit sa maîtresse sur ses genoux.

— Je te crois, ma Viviane, je te crois sincère, dit-il. Et j'accepte. Cependant, je veux avant tout bien te montrer ce que tu quittes et ce que tu auras !

— Inutile, interrompit Viviane, j'ai mûrement réfléchi. J'y ai pensé depuis le départ de Violette et, sans rien dire, j'ai travaillé à me faire ma vie nouvelle. As-tu quelque chose à me reprocher depuis ?

— Certes non ! pas même de liaison féminine.

— Non, pas même de liaison féminine. Pourquoi ? Tout simplement parce que je ne me suis pas ennuyée ! Si nous sommes vicieuses parfois, nous autres femmes galantes, c'est l'ennui qui en est la cause : l'ennui et le manque d'amour véritable, d'affection sincère. N'aimant personne, nous avons toujours le cœur vide et comme nous savons l'homme égoïste et incapable de combler ce vide, nous nous rejetons sur la femme, qui a plus de bonté, plus d'affection, plus d'amour.

Mais maintenant, je te le jure, c'est fini. Violette, quand elle reviendra, ne sera pour moi qu'une amie, rien de plus. Du reste, je n'ai jamais réussi à lui faire partager ma folle passion et je le comprends, maintenant : aimant Max de toute son âme, elle ne pouvait m'aimer moi, pas plus que je ne pourrais l'aimer désormais, puisque je t'ai donné tout mon amour !

— Mais songe aussi, ma petite Viviane à ce que sera désormais la vie pour toi : tu dépensais en un mois plus que je gagne en une année ! Adieu tes riches toilettes, ton hôtel particulier, tes voitures, tes chevaux ! Avec moi, tout ce qui pourra te rappeler la plus noble conquête de l'homme sera quelque bifteck provenant de la boucherie hippophagique dont nous devrons nous alimenter peut-être un jour...

— Tu exagères, Loïs, mais cela serait ainsi que j'accepterais mon sort sans murmurer.

— Tu n'as peut être jamais connu la misère ?

— Jamais ! J'ai, contrairement à la plupart de mes semblables, débuté brillamment. Toujours, dans la vie, j'ai tout vu à l'envers...

— Même la feuille ?

— Oui, même la feuille.

— Eh ! bien, moi, ma mignonne, il n'en a malheureusement pas été ainsi.

Je me souviens, lorsque j'ai débuté dans la vie littéraire, de ma chambrette au sixième étage, tout en haut de la butte Montmartre, et que je partageais avec l'aimée d'alors...

Notre modeste mobilier se composait d'un lit antique en vieux chêne, trop grand pour un, trop petit pour deux ; d'une table de sapin qui n'était pas toujours blanche ; de deux chaises, dont l'une, boîteuse menaçait de s'écrouler et d'une commode d'acajou dont le bois, rongé des vers, ressemblait à une écumoire. Et cependant, dans notre pauvreté nous vivions heureux, nous riions nuit et jour. Dans le lit trop étroit nous nous serrions l'un contre l'autre ; de crainte que la chaise boîteuse ne s'écrasât sous son poids, pendant le déjeuner, elle s'asseyait sur mes genoux et, comme mes mains s'embarrassaient à la tenir en équilibre, elle me donnait la becquée, et lorsqu'à mon gré elle n'allait pas assez vite, je prenais moi-même, au dessert, de ma bouche sur ses lèvres, une cerise et un baiser.

Par la lucarne, seule ouverture qui dévoilait à nos yeux assoiffés d'espace, un coin d'azur et un rayon de soleil, quand la nuit était tombée nous passions nos deux têtes, qui émergeaient du toit gris en ardoises et tandis que la fumée de nos cigarettes montait en spirale vers le ciel, nous regardions Paris, allongé à nos pieds comme un grand lion endormi.

Quelquefois, en hiver, quand la lettre chargée aux cachets vénérables tardait trop à venir, maudissant mon éditeur, je contemplais la bûche exhalant sa dernière flamme dans l'âtre et, déplorant qu'elle s'éteignît sans laisser de postérité, je me demandais comment, le lendemain, je réchaufferais ses petons frileux, quelles victuailles j'offrirais à ses blanches quenottes de croqueuse de pommes, faites pour mordre dans le fruit sans jamais le trouver trop vert. Mais me voyant songeur, elle surprenait ma secrète inquiétude, et me faisant un collier d'ivoire de ses bras nus, elle me disait :

— Va ne t'ennuie pas : s'il n'y a point de feu, nous resterons couchés tout près l'un de l'autre. Mes cheveux cacheront ta tête, mes seins couvriront ta poitrine, mes jambes enlaceront les tiennes, tu te réchaufferas au brasier de mon âme, et si tu as faim, tu mangeras les cerises de mes lèvres et les fraises de mes seins.

Telle elle fut alors, telle longtemps elle est demeurée. Ange gardien de mon foyer éteint, jamais aux mauvaises heures elle n'eût l'ombre d'un regret, un symptôme de lassitude : son sourire ensoleillait notre mansarde et elle chantait toujours comme le roitelet gazouille, même les pattes dans la neige !

Hélas ! Il n'en fut pas toujours ainsi. Un matin l'oiseau s'envola, vers un autre nid plus duveté...

Voilà, Viviane, pourquoi je suis sceptique.

— Et voilà, Loïs, la vie que je voudrais vivre !

— Mais toi, Viviane, toi : forcée de renoncer à ton luxe, à tes amis, à tout ce qui t'adore, et, de demi-mondaine brillante, devenir la simple maîtresse d'un journaliste, y penses-tu réellement?

— J'y pense tellement que rien ne me fera revenir sur ma décision.

Vois-tu, j'en ai assez, depuis ma jeunesse, de supporter l'étreinte d'hommes que je déteste, et des baisers qui me répugnent. Quand je sors des bras du baron, je cours bien vite à ma baignoire, car ses baisers me semblent visqueux : je m'imagine que ce sont autant de limaces qui m'ont rampé sur le corps.

Oh ! vivre son rêve près de l'Aimé ! savoir que je me donnerai toujours comme je me suis donnée, comme je me donne à toi, par amour, pas pour de l'argent ! Pouvoir aimer sans feintes, sans grimaces, cesser cette comédie ignoble de simuler le plaisir quand on n'éprouve que des nausées ! Pouvoir me dire à moi-même, quand tu auras fait quelque chose de beau, que j'y ai peut-être contribué un peu, que j'ai peut-être été l'inspiratrice, que, dans tous les cas, tu as trouvé près de moi le calme bienfaisant de la pensée et le repos nécessaire. Racheter par une vie honnête les erreurs d'un passé de honte, les mensonges, les turpitudes de jadis !

Voilà mon rêve, Loïs. Dis, veux-tu me permettre de tenter de le réaliser ?

— Viviane, ma jolie, répondit Fontaine-Vineuse, en l'étreignant fortement, tu n'as jamais été si belle qu'aujourd'hui !

Les deux amants procédèrent immédiatement à leur installation. Une chose surtout embarrassait Viviane : c'étaient ses chevaux et ses voitures. Mais grâce à la publicité du *Monde Parisien* elle trouva facilement à s'en défaire ainsi que d'une foule de parures désormais inutiles. Fontaine-Vineuse lui en fit placer le produit, dont elle pouvait avoir besoin dans l'avenir.

A quelque temps de là, l'huissier du *Monde Parisien* vint annoncer à Fontaine-Vineuse qu'une dame qui ne voulait pas dire son nom, demandait à voir M. de Lizerges.

Fontaine-Vineuse la fit entrer et reconnut immédiatement Madeleine, l'Aimée mystique, qui avait si bien contribué à la guérison de Max.

— Heureusement qu'il n'est pas là ! pensa le jeune journaliste.

Et il continua à haute voix :

— Vous désirez, Madame ?

— Voir M. de Lizerges.

— En son absence, c'est moi qui le remplace !

— Mais c'est pour une affaire... très personnelle. Son absence durera-t-elle longtemps ?

— Je ne le sais pas moi-même, Madame, M. de Lizerges, qui a été très souffrant, fait en ce moment un voyage de convalescence, qui est en même temps un voyage... un voyage de noces !

Madeleine pâlit !

— Un voyage de noces ! Ah ! l'ingrat !

— Ingrat ! Pourquoi ? Non, Madame, Max n'est pas ingrat ! reprit Fontaine-Vineuse ; vous jugez mal mon ami. Max a eu ces temps derniers, deux grandes amours qui ont eu sur sa santé un effet déplorable. Je vais faire en sorte de vous expliquer comment.

Le premier de ces deux amours était trop... trop ardent, trop passionné. L'enchanteresse qui avait su capturer le cœur de mon pauvre ami épuisait ses forces physiques et morales, sans qu'il lui soit possible d'y remédier, puisque le remède ne pouvait venir que de sa seule volonté et que cette volonté était absolument annihilée. Les caresses perfides et les étreintes ardentes de la Fée conduisaient Max au tombeau.

Heureusement, il connut à ce moment une jeune femme qui fut pour lui tout l'opposé de ce qu'était la première. Et ce second amour, très chaste, très platonique, le guérit du premier, qui le déprimait. Mais ce deuxième amour n'était cependant guère préférable à l'autre. En effet, à vivre sans cesse près de l'Aimée, qui se gardait héroïquement peut-être, mais égoïstement certainement, à elle-même, — ou aux siens; peu importe — au lieu de se donner toute, tout en se donnant... raisonnablement, le moral de mon pauvre ami s'atrophiait : Vous devez penser, Madame, que, lorsqu'il était resté de longues heures près d'une femme adorée, ardemment désirée, ses nuits n'étaient qu'un long cauchemar, quand elles ne se passaient pas dans l'insomnie absolue.

Et pour ces deux amours, l'un trop vicieux et l'autre trop chaste, qui, à tour de rôle, l'avaient brisé physiquement et moralement, M. de Lizerges avait délaissé l'amour sincère, l'amour sans trop de vice, et sans trop de vertu, en un mot l'amour sain, l'amour véritable, qui ne consiste pas, chez la femme, à être ni une Messaline, ni une Lucrèce.

Et lorsque Max s'est trouvé seul, anéanti pour avoir été trop aimé d'abord et ne pas l'avoir été assez ensuite...

Madeleine eut un geste de protestation...

— Non, Madame, poursuivit Fontaine-Vineuse, non; la dernière aimée, qui peut-être est de vos amies, ce à quoi j'attribue votre protestation, ne l'aimait pas de toute son âme, sans quoi elle se fut donnée, car l'amour est le seul sentiment auquel rien ne résiste, rien, pas même la mort ; car lorsque l'amour est partagé, il arrive à ce degré d'intensité qui jette les amants dans les bras l'un de l'autre, en dépit de tous les obstacles, de la considération, de la fortune, de l'honneur même...

Donc, lorsque M. de Lizerges se trouva seul il vit le néant des passions violentes, qu'elles soient chastes ou luxurieuses. Et juste à temps, il s'est souvenu qu'il y avait quelque part une petite femme qu'il avait adorée et qui l'adorait encore, une petite femme qui représentait l'amour vivifiant et qu'il avait abandonnée pour courir après la contrefaçon de l'amour, lâchant, comme le chien du bon fabuliste, la proie pour l'ombre. Mais la maîtresse d'autrefois a pardonné et actuellement elle achève la cure de mon ami.

Aussi, Madame, si je connaissais celle qui fut l'amante mystique de M. de Lizerges, je lui dirais :

— Chassez de votre esprit vos folles chimères ; ne vous faites pas aimer d'un homme à qui vous ne pouvez ou ne voulez pas appartenir, car vous n'avez pas le droit de tuer chez lui le plus beau de lui-même, l'intelligence, en ankylosant son cerveau. Rentrez dans votre logis, aimez celui pour qui vous avez su vous garder, puisque vous n'avez pas su aimer assez Max pour vous abandonner à lui, et, à l'avenir, méfiez-vous des liaisons spirituelles, ne devenez pas la chercheuse d'un idéal que vous ne rencontreriez jamais. Laissez cette occupation stérile aux bas-bleus qui ont besoin d'émotions rares pour donner à leur pensée le coup de fouet nécessaire à la production de leurs ouvrages, mais vous, faite pour la vie bourgeoise, ne jouez pas avec ce feu, car, si vous ne vous y brûlez pas vous-même, vous risquez d'y consumer l'esprit et le cœur d'un brave garçon, venu aveuglément se jeter dans la flamme de vos jolis yeux, comme l'innocent phalène se jette dans la flamme d'une bougie :

Voilà, Madame, ce que je dirais à l'amante mystique, si je la connaissais.

— Je vous remercie, Monsieur, de vos conseils, dit Made en se levant : je ferai votre commission.

— Je vous en saurai, Madame, un gré infini, car il eut mieux valu, pour Max, ne pas être aimé du tout que d'être aimé incomplètement. Toutefois, M. de Lizerges devra à sa maîtresse intellectuelle une reconnaissance éternelle, car c'est cet amour spirituel qui l'a sauvé.

Croyez, Madame, que je le lui ferai voir moi-même, lorsqu'il sera tout à fait rétabli et que je pourrai agiter devant lui les souvenirs du passé sans risquer que leur troublant parfum le grise de nouveau.

Et Fontaine-Vineuse reconduisit Madeleine, guérie, elle aussi.

. . . .

— L'absence de Max ne te paraît pas excessivement prolongée ? demanda un matin, Viviane à Loïs, après la lecture d'une lettre de Max, qui vantait les douceurs de *far-niente*, dans la solitude des monts d'Auvergne.

— Mais non, répondit Fontaine-Vineuse. Pourquoi me demandes-tu cela ?

— Parce qu'il me semble qu'il y a bien longtemps qu'ils nous ont quittés.

— Alors, le temps te paraît long ?

— Oh ! certes non ! Mais j'ai l'idée que, à ne plus

rien faire, Max va perdre l'habitude de tout travail !

— Tiens ! mais je n'y avais pas songé ! Heureusement tu penses à tout, toi, petite Viviane.

C'est que ce serait terrible, s'il devenait paresseux ! On se guérit de l'orgueil, de l'envie, de la gourmandise, de la luxure, de la colère, de l'avarice même, mais on ne se guérit pas de la paresse, qui est encore plus mortelle au corps qu'à l'âme. Ce serait du *joli*, si nous avions banni de chez Max un vice pour le remplacer par un autre vice plus dangereux !

— Tu crois que c'est si dangereux que cela, la fainéantise !

— Si c'est dangereux ? C'est, avec la misère, la cause de la chute de quatre-vingt-quinze pour cent des femmes qui tombent. Si j'avais un fils et qu'il fréquente les femmes, qu'il joue, qu'il boive, qu'il mène une jeunesse plutôt orageuse enfin, je ne dirais trop rien, tant qu'il travaillerait. Mais du jour où il cesserait tout labeur, je le verrais perdu, car c'est la paresse qui alimente les colonies pénitentiaires et les maisons de prostitution.

— Mais tu n'as pas de fils ! dit Viviane, rieuse.

— Non ! c'est vrai, mais on ne sait jamais ce qui peut arriver.

— Eh ! bien, continua Fontaine-Vineuse, je ne veux pas soupçonner Max de paresse ; néanmoins, dans son propre intérêt, il est bon de prévoir ce nouveau danger et je vais lui écrire dans ce sens, en l'invitant à revenir.

Et Fontaine-Vineuse fit une longue lettre, dans laquelle il exposait à de Lizerges, la nécessité pour lui de se remettre à l'œuvre, de ne pas trop laisser ses méninges s'engourdir, s'il ne voulait pas voir à jamais l'inspiration disparaître.

Le résultat de cette lettre fut pour Fontaine-Vineuse une déception.

Max de Lizerges répondit qu'il ne se sentait pas le courage d'aborder de suite la vie fébrile de Paris, que le calme des monts d'Auvergne et l'amour de Violette seuls suffisaient à son ambition actuelle, et que le reste l'indifférait.

— Je te l'avais bien dit? dit Viviane.

Fontaine-Vineuse était désolé.

Viviane écrivit à Violette, pour lui faire comprendre qu'elle devait au plus tôt agir sur Max, pour le relancer dans la vie active du journalisme. Elle lui fit entrevoir tout ce que l'inaction avait de dangereux pour Max. Violette insista auprès de son amant pour rentrer à Paris.

Toutes les tentatives demeurèrent vaines. Max de Lizerges objectait qu'il se sentait fatigué, que tout allant bien, il ne voyait pas la nécessité de reprendre immédiatement la direction du journal.

Fontaine-Vineuse ne savait plus comment faire pour décider son ami. Enfin, il pensa que ce que les conseils affectueux de Violette et de Viviane joints aux siens, n'avaient pu faire, un acte énergique le ferait peut-être.

Et il écrivit à de Lizerges cette lettre :

Mon cher Max,

Lorsque j'ai accepté ton intérim à la direction du *Monde Parisien*, j'ai trop présumé de mes forces et je dois t'avouer que je suis au-dessous, bien au-dessous de la tâche que je me suis imposée.

D'abord, je ne pensais pas que ton éloignement de Paris durerait si longtemps. Ensuite, plus habitué à ma spécialité de chroniqueur qu'à voir et recevoir les articles de mes confrères et eux-mêmes, je ne soupçonnais pas, avant de l'avoir essayé, tout ce que ce travail a de déprimant, de fatigant, de neurasthéniant.

Aussi je suis déprimé, fatigué, neurasthénié. Je n'en puis plus et je te crie : Grâce ! Reviens, bourreau, reviens briser ma chaîne, que je puisse, à mon tour, aller excursionner emmi les monts bleus, que je puisse faire mon voyage de noces, dont cette pauvre petite Viviane a été privée.

A propos, tu sais qu'elle est devenue une maîtresse adorable, ma brune Viviane et, pas plus que Violette, tu ne reconnaîtras à ton retour, la demi-mondaine qu'elle était il y a quatre mois. Comme tout change ici-bas, même les femmes !

Donc, en son nom, comme au mien, je te demande un congé de quinze jours, pour la promener un peu et faire quelques excursions — jusqu'à Enghien-les-Bains, au moins. — Après... après tu feras le tour du monde si tu veux : mais reviens, je t'en conjure.

Deux jours après, Fontaine-Vineuse reçut un télégramme :

Arriverons demain matin.

MAX.

— Je le savais ! dit Fontaine-Vineuse triomphant, je le savais ! où la persuasion a échoué, l'amitié réussit : Max, encore une fois, est sauvé !

Pourtant Fontaine-Vineuse ne se reposa pas, comme il l'avait dit. Sous prétexte de remettre en bon état la direction du journal à Max, il resta à travailler avec lui pendant quinze jours, trois semaines, un mois, et il ne consentit à l'abandonner à lui-même que lorsqu'il se fût assuré que son ami avait repris goût au travail.

De son côté, Max exprima le désir que le jeune ménage restât près de Violette et de lui, rue Ballu. Mais Fontaine-Vineuse, épris d'indépendance, voulut absolument emmener chez lui sa Viviane, qui s'était attachée à lui comme le lierre fidèle à l'ormeau. Puis il valait mieux laisser seuls, dans leur tête-à-tête habituel, Viviane et Max de Lizerges qui, tout à fait rétabli, s'était remis courageusement à l'œuvre. Au surplus, ils se verraient tous les jours et leur vie allait être désormais deux fois ensoleillée : par l'amitié et par l'amour.

Courbevoie. — Imprimerie E. BERNARD, 14, rue de la Station.

Petite Encyclopédie pratique

DE

CHIMIE INDUSTRIELLE

Publiée sous la Direction de

F. BILLON, ingénieur-chimiste

Avec la collaboration de M. Auguste PERRET, licencié ès sciences.

Cette petite Encyclopédie pratique de chimie industrielle s'adresse à tous ceux qui considèrent qu'il est de leur devoir comme de leur intérêt de ne rien ignorer du mouvement scientifique contemporain.

Aussi dans ces trente volumes ne trouvera-t-on que l'exposé simple, [illegible] aussi débarrassé que possible de tout terme savant, des faits [illegible] nécessaires pour comprendre les principales fabrications industrielles.

Démontrer l'importance du mouvement commercial auquel donne lieu l'industrie chimique ; indiquer à chacun une utilisation possible de ses capitaux, permettant de se rendre compte rapidement des conditions d'établissement de certaines exploitations minières ou agricoles, donner à tous ceux qui emploient les produits chimiques la connaissance de leurs origines, de leurs propriétés [illegible] de leurs intérêts, tel est le but de cette œuvre modeste mais que nous croyons [illegible]

Prix du volume broché **1 fr. 50**, relié, **2 francs**, et la collection complète brochée.

Prix : [illegible]

---

1. — Histoire de l'industrie chimique. — La Chine, l'Inde, l'Égypte. — [illegible] Grèce, Rome. — Le moyen âge. — Le XVIe siècle. — Le XVIIe siècle. — [illegible] XVIIIe siècle. — L'industrie moderne, principes de nomenclature et de notation chimiques.

2. — Le sel. — Propriétés. — Distribution géologique. — Exploitation, marais salants, carrières et mines, sources salées. — Évaporation, eaux mères. Industrie de Stassfurt. — Raisons physiologiques de l'emploi du sel.

3. — Soude et potasse. — Définitions. — Soudes naturelles, soude Leblanc, soude à l'ammoniaque. — Soude électrolytique. — Borate de soude. — [illegible] potasse de Stassfurt. — Potassium et sodium.

4. — Soufre et dérivés. — [illegible] des pyrites. — [illegible] sulfureux, sulfites, hyposulfites. — Acide sulfurique. — Sulfure de carbone.

5. — Chlore et dérivés. — Chlore, hypochlorites, blanchiment. — Acide chlorhydrique, chlorate de potasse électrolytique. — Brome, iode et dérivés.

6. — Produits nitrés et ammoniacaux. — Ammoniaque, sources diverses, fabrication de l'ammoniaque et de ses sels. — Nitrates de potasse et de soude. Acide nitrique. — Cyanures.

7. — L'eau. — Propriétés. — Eau potable. — Bactériologie. — Eau filtrée, eau stérilisée, eau distillée. — Purification industrielle. — Eaux gazeuses. — [illegible]

8. — Le sucre. — Sources. — Extraction. — Raffinage. — Usages, confiserie, chocolats, sirops.

9. — L'alcool. — Fermentation alcoolique. — Matières premières. — Distillation, produits et résidus. — Alcools de consommation et d'industrie. — [illegible] emplois divers, hygiène.

10. — **Vins et vinaigres.** — Cépages, culture et sélection. — Fermentation, opérations qui la précèdent et la suivent. — Ses correctifs. — Maladies, altérations et sophistications des vins. — Vinaigres.

11. — **Bière, cidre, poiré.** — Bière, matières premières. — Germination. — Fermentation. — Conservation. — Cidre et poiré.

12. — **Farines et fécules.** — Céréales. — Obtention des farines. — Panification. — Gluten, pâtes alimentaires. — Amidon, dextrine. — Fécules.

13. — **Lait, corps gras alimentaires.** — Lait, production, conservation, composition, altérations et falsifications. — Beurre. — Beurre artificiel. — Fromages. — Axonge, huiles alimentaires.

14. — **Conserves alimentaires.** — Procédés physiques. — Dessiccation. — Froid. Enrobage. — Privation d'air. — Procédés chimiques. — Applications aux diverses substances. — Viandes et comestibles. — Poissons. — Lait. — Légumes et fruits. — Confitures et gelées.

15. — **Matières animales.** — Cuirs, tannage. — Peaux mégissées. — Gélatine, colles. — Noir animal, Albumines [illegible].

16. — **Engrais.** — Matières végétales et animales. — Engrais chimiques, nitrates, phosphates, sels de potasse. — Chimie du sol.

17. — **Le bois.** — Conservation. — Distillation. — Pâtes à papier.

18. — **L'industrie des gaz.** — Liquéfaction de l'acide carbonique, du chlore, de l'oxygène, de l'acide sulfureux, du gaz ammoniac. — Froid artificiel. — Les gaz éclairants : gaz de houille, « gaz pauvres. » — Acétylène.

19. — **Le pétrole.** — Géologie, formation, gisements. — Exploitation. — Distillation. — Sous-produits et leur utilisation.

20. — **Corps gras industriels.** — Saponification, théorie. — Matières premières. — Huiles et graisses diverses. — Agents de saponification. — Savons divers. — Bougies. — Acide stéarique. — Glycérine.

21. — **La parfumerie.** — Essences naturelles, extraction. — Parfums artificiels, composition et fabrication. — Savons, eaux de toilette, préparations diverses.

22. — **Vernis, mastics et enduits.** — Matières premières, résines, caoutchouc, gutta. — Vernis divers. — Encres et cirages. — Mastics isolants et hydrofuges.

23. — **Teinture et impression.** — Couleurs végétales, couleurs d'aniline, composition et fabrication. — Impression.

24. — **Couleurs minérales.** — Blancs divers. — Rouges, cinabre, minium. — Bleu outremer. — Verts. — Bronzes en poudre. — Couleurs pour la verrerie et la céramique.

25. — **Explosifs, pyrotechnie, allumettes.** — Poudres, dynamites, fulmi-cotons, fulminates. — Pyrotechnie. — Phosphore, allumettes diverses.

26. — **Métaux terreux.** — Calcium, chaux, mortiers, ciments, plâtre. — Magnésium, terres rares. — Aluminium, argiles, aluns.

27. — **Fer, fontes et aciers.** — Minerais, distribution géologique, composition. — Fabrication. — Définition des fers, fontes et aciers industriels. — Emplois.

28. — **Cuivre, plomb, mercure.** — Géologie, extraction, métallurgie. — Applications.

29. — **Zinc, étain, nickel, cobalt.** — Géologie, extraction, métallurgie. — Applications.

30. — **Or, argent, platine.** — Géologie, extraction, métallurgie. — Applications.

Collection complète en 30 volumes

PRIX du Volume broché : **1 FR. 50** — La collection brochée : **40 FR.**
— relié : **2 FR.** — — reliée : **50 FR.**

Petite Encyclopédie pratique

AGRICOLE ET HORTICOLE

PUBLIÉE SOUS LA DIRECTION DE

M.-C. LECHALAS, Inspecteur gén. des Ponts et Chaussées en retraite.

Duclaux (E.), membre de l'Institut, Directeur de l'Institut Pasteur. — **Principes de laiterie.**

Chapitre I. Constitution physique du lait. — Chap. II. Constitution chimique du lait. — Chap. III. Les microbes du lait. — Chap. IV. Etude de quelques fermentations spéciales. — Chap. V. Méthode d'analyse du lait. — Chap. VI. Traitement commercial du lait. — Chap. VII. Ecrémage naturel. — Chap. VIII. Ecrémage centrifuge. — Chap. IX. Barattage du lait ou de la crème. — Chap. X. Le beurre. — Chap. XI. — Principes généraux de la fabrication des fromages. — Chap. XII. Etudes des divers types de fromages. — Chap. XIII. Fromages à pâte ferme et non cuits. — Chap. XIV. — Fromages à pâte molle.

Un volume in-18 jésus, de 370 pages avec 25 figures. Prix : **3** fr. **50**

Gain (Georges), juge d'Instruction. — **Les Syndicats professionnels agricoles.**

Nouveau commentaire de la loi du 21 mars 1884, suivant la doctrine et la jurisprudence, et examen critique des propositions de loi présentées par MM. Marcel Barthe, Bovier-Lapierre, Lachèze et Méline.

Un volume in-18 jésus, de 317 pages. Prix : **2** fr.

Heuzé (G.), insp. gén. de l'Agriculture. **La petite culture agricole, légumière et fruitière, dans les campagnes et aux environs des villes.**

Chapitre I. La petite culture dans les régions agricoles. — Chap. II. Les exploitants. — Chap. III. Les agents de la production. — Chap. IV. Le matériel de la petite culture. — Chap. V. Les plantes de la petite culture agricole. — Chap. VI. Les plantes de la petite culture légumière. — Chap. VII. Production des plantes herbacées. — Chap. VIII. Production et récolte des graines légumières. — Chap. IX. Le bétail de la petite culture. — Chap. X. Les volailles de la petite culture. — Chap. XI. Les lapins. — Chap. XII. Les abeilles. — Chap. XIII. Les vers à soie. — Chap. XIV. Les arbres fruitiers dans les champs de la petite culture. — Chap. XV. Le jardin de la petite culture. — Chap. XVI. Récolte, emballage et vente.

Un volume in-18 jésus, de 401 pages avec 121 figures. Prix : **2** fr.

Larbalétrier (A.), prof. d'Agriculture. — **Petit dictionnaire d'agriculture, de zootechnie et de droit rural.**

Un vol. in-18 jésus, de 199 pages, avec 23 fig. Prix cartonné : **2** fr.

Lechalas (M.-C.) inspecteur général des Ponts et Chaussées en retraite, et de **Lalande (H.)** avocat au Conseil d'Etat. — **Les Cours d'Eau. — Hydrologie. — Législation.**

1re Partie : Hydrologie. — Chapitre I. Généralités. — Chap. II. Torrents, lacs et rivières. — Chap. III. Petits cours d'eau et fossés de dessèchement. — Chap. IV. Cultures permanentes.

2e Partie : Législation. — Chapitre I. Des cours d'eau navigables et flottables. — Chap. II. Des cours d'eau non navigables ni flottables.

Un volume in-18 raisin de 348 pages avec 35 figures. Prix : **2** fr.

Nivoit (E.) insp^r gén. des Mines. — **Eléments de Géologie.**

Cet ouvrage comprend les matières du programme de l'enseignement secondaire classique et moderne.

Chapitre I. Notions sommaires sur les roches. — Chap. II. Phénomènes naturels d'origine externe. — Chap. III. Phénomènes actuels d'origine interne. — Chap. IV. Constitution générale de l'écorce du globe. — Chap. V. Ere primaire. — Chap. VI. Ere secondaire. — Chap. VII. Ere tertiaire. — Chap. VIII. Ere quaternaire. — Chap. IX. — Géologie de la France.

Un vol. in-18 jésus, de 359 pages avec 156 fig. et 1 carte géologique. Prix : **2** fr.

Petit (P.) professeur à la faculté des sciences de Nancy. — **Nutrition et production des animaux, bœuf, cheval, mouton, porc.**

Chapitre I. Les Aliments. — Chap. II. Description des matières alimentaires. — Chap. III. Le corps de l'animal et ses fonctions. — Chap. IV Production des animaux. — Chap. V. Espèces bovine. — Chap. VI. Espèce Ovine. — Chap. VII. Espèce chevaline. — Chap. VIII. Espèce porcine, — Tables des compositions des matières alimentaires.

Un volume in-18 jésus de 331 pages. Prix : **2** fr.

Plon (Ernest), vétérinaire-inspecteur du marché de la Villette. — **Le commerce de la boucherie.**

Chapitre I. Renseignements généraux. — Chap. II. Elève et engraissement des bestiaux. — Chap. III. Commerce des bestiaux. — Chap. IV. Commerce de la boucherie en gros, ou commerce à la cheville. — Chap. V. Commerce de la boucherie, de la charcuterie et de la triperie. — Chap. VI. La viande : qualités, catégories ; fournitures aux établissements publics. — Chap. VII. Détails des prix de la boucherie dans les villes et dans les campagnes. — Chap. VIII. Abaissement possible du prix de la viande. — Chap. IX. Inspection de viandes. — Chap. X. Organisation de la vente aux consommateurs à Paris et en province. — Chap. XI. Boucheries hippophagiques, Réglements. — Chap. XII. Conclusion.

Un vol. in-18 jésus, de 359 pages avec fig. et 1 pl. Prix : **2** fr.

Renard (A.), professeur de chimie agricole à l'Ecole des Sciences de Rouen. — **Amendements et engrais.**

Chapitre I. L'air. — Chap. II. L'eau. — Chap. III. Le sol. — Chap. IV. Amendements. — Chap. V. Engrais azotés. — Chap. VI. Engrais phosphatés. — Chap. VII. Engrais alcalins. — Chap. VIII. Analyse des terres. — Chap. IX. Analyse et valeur vénale des engrais. — Tableau récapitulatif de la richesse en principes fertilisants des principales matières employées comme engrais. — Répression des fraudes dans le commerce des engrais.

Un volume in-18 jésus, de 124 pages avec figures. Prix : **2** fr.

Vilmorin-Andrieux. — **Les légumes usuels.**

Les légumes usuels sont disposés dans l'ordre alphabétique pour faciliter les recherches. On a inséré à la fin du second volume :

1° Un tableau resumé des poids du litre de graines, des nombres de graines dans un litre et des durées germinatives.

2° Un calendrier des Semis à faire dans chaque mois pour les différentes conditions de culture, avec indication des époques de production.

3° Un tableau détaillé des choix de plantes potagères pour les divers climats et les différentes conditions de culture.

4° Des listes d'assortiments de légumes pour jardins de diverses grandeurs.

Deux vol. in-18 jésus, ensemble 610 pages avec figures.

Prix : **3** fr. **50** par volume.

L'introduction de cette excellente étude, a été écrite par M. H. DE VILMORIN.

Prix de la collection complète des 11 volumes : **25** francs.

NOMENCLATURE DES OUVRAGES DE LA COLLECTION

1. — **Terrassements, Fondations, Echafaudages.** — Fouilles. — Sondages. — Outils pour sondages. — Fouilles en puits, en sous-œuvre. — Fouilles sous l'eau. — Pilotis. — Poussée des terres. — Echafaudages. — Poids du mètre cube des principaux matériaux de construction. — Proportions des diverses parties d'une construction.

2. — **Matériaux de construction** (*Emploi et résistance*). — Sables. — Cailloux. — Pierres naturelles. — Matériaux artificiels. — Calcaires. — Plâtre. — Briques — Mortiers, chaux, Ciments. — Bois. — Fonte, fer, acier, bronze, cuivre. — Traction. — Compression. — Flexion. — Torsion. — Tableaux numériques des charges de rupture et des coefficients de travail des divers matériaux suivant leur emploi.

3. — **Maçonnerie en général.** — Maçonnerie de pierres de taille, de moellons, de meulière, de briques, de béton, de ciment. — Murs de fondation, de façade, de clôture, de soutènement, de réservoirs. — Appareils divers des pierres. — Murs creux et murs en briques creuses. — Conduites de fumée. — Fosses d'aisances. — Chaînage des murs. — Baies, linteaux, arcs de décharge, portes, fenêtres, meneaux, pilastres en pierre. — Voûtes en berceau, d'arête, en arc de cloître, en anse de panier. — Cubature et stabilité des voûtes. — Escaliers en pierre.

4. — **Charpente en bois.** — Assemblage des bois. — Poteaux, Poitrails et planchers en bois. — Poutres armées. — Maîtresses-poutres. — Distribution économique des solives dans un plancher. — Charge des planchers en bois. — Combles. — Distribution économique des pannes dans une ferme. — Comble à la Mansard. — Combles pour magasins et ateliers. — Calcul d'un comble et d'un appentis.

5. — **Menuiserie en bois.** — Menuiserie intérieure. — Lambris. — Impostes. — Fenêtres et portes. — Persiennes, volets, jalousies. — Parquets. — Tracé des escaliers. — Escaliers en bois. — Ascenseurs. — Monte-charges. — Echelles de sauvetage pour incendies. — Clôtures, treillages. — Constructions rustiques.

6. — **Charpente en fer.** — Planchers, colonnes, pilastres et poitrails métalliques. — Charge des colonnes, des planchers en fer et acier. — Planchers métalliques hourdés en poteries ou en briques. — Planchers constitués par des poutrelles courbes métalliques. — Planchers en ciments armés. — Pans de fer. — Combles métalliques. — Appentis en bois et fer. — Comble Polonceau. — Combles à panneaux. — Combles Pombla. — Combles en tôle ondulée. — Combles Shed. — Hangars. — Distribution économique des pannes dans un comble métallique.

7. — **Serrurerie et Menuiserie en fer.** — Serrures. — Ferme-portes. — Portes et fenêtres métalliques. — Fermetures de magasins en fer et tôle. — Escaliers en fer, fonte, tôle, zinc. — Ferronnerie. — Grilles. — Marquises.

8. — **Peinture, Vitrerie, Décoration, Carrelages.** — Légers ouvrages en plâtre; enduits, renformis, crépis, moulures, corniches. — Cloisons légères. — Aires de planchers. — Plafonds. — Peinture, vitrerie. — Papiers de tenture. — Marbrerie. — Décoration intérieure et extérieure. — Pavage en grès, en asphalte, en briques, en ciment, en bois. — Pavages et carrelages céramiques. — Mosaïques. — Pavages en verre. — Trottoirs. Voies publiques, cours.

9. — **Fumisterie, Chauffage, Ventilation, Eclairage, Electricité.** — Cheminées, Poêles, Calorifères. — Ventilation domestique. — Girouettes. — Eclairage. — Gaz. Conduites de gaz. — Electricité à la maison. — Téléphonie. — Paratonnerres.

10. — **Distribution d'eau, Assainissement.** — L'eau à la maison. — Conduites d'eau. — Evacuation des matières usées. — Le tout à l'égout. — Appareils sanitaires. — Filtres, réservoirs, robinets, éviers, bassins, jets d'eau, pompes, puits, citernes. — Hygiène des habitations. — Water-closets, urinoirs. — Bains.

11. — **Couverture, Plomberie, Zincage.** — Couverture en planches, en carton bitumé, en tuiles, en ardoises, en tôle ondulée, en plomb, en cuivre, en zinc, en produits céramiques. — Pente et charge des combles suivant leur destination. — Chéneaux, gouttières. — Plomberie sanitaire, etc.

12. — **Lois et règlements concernant la construction.** — Droits du propriétaire et du locataire. — Honoraires. — Métrage. — Vérification.

Petite Encyclopédie Electro-Mécanique

PUBLIÉE SOUS LA DIRECTION DE

H. de GRAFFIGNY, Ingénieur civil

N° 1, 2e édit. Manuel élémentaire d'électricité industrielle.

I. Nature de l'électricité, comparaison avec l'hydraulique. Lois diverses. — II. Générateurs hydro-électriques, accumulateurs et piles. — III. Mesure des courants, étalons, appareils de mesure. — IV. Electro-magnétisme et électrodynamique, lois. — V. Générateurs mécaniques d'électricité. Réversibilité. — VI. Générateurs thermo-électriques et divers. — VII. Production de la lumière électrique. — VIII. Production des signaux, télégraphes et téléphones. — IX. Phénomènes électro-chimiques.

N° 2, 2e édit. Conducteur de Dynamos et Moteurs électriques

I. Dynamos à courant continu. — II. Fonctionnement des dynamos. — III. Construction des dynamos. — IV. Installation et conduite des dynamos. — V. Entretien et réparation des dynamos. — VI. Fonctionnement des alternateurs. — VII. Les alternateurs. — VIII. les moteurs électriques. — Appendice.

N° 3. Les piles et les Accumulateurs.

I. Fonctionnement des piles et classification. — II. Description des piles usuelles. — III. Entretien des piles. — IV. Fonctionnement des accumulateurs. — V. Description des accumulateurs. — VI. Montage et installation des accumulateurs. — VII. Charge et décharge, soins d'entretien. — VIII. Accessoires de manœuvre des batteries. — IX. Groupes électrogènes à piles. — Appendice.

N° 4. Les canalisations électriques.

I. Méthodes diverses de distribution des courants continus. — II. Canalisations aériennes à courants continus. — III. Canalisations souterraines. — IV. Distribution par courants alternatifs à haute tension. — V. La fabrication des fils, câbles et accessoires. — VI. Pose des canalisations, jonction des fils. — VII. Soins d'entretien des lignes, réparations. — VIII. Calcul des canalisations.

N° 5. Chauffeur-Conducteur de Machines.

I. Fonctionnement d'une machine à vapeur. — II. Descriptions des systèmes actuels. — III. La chaudière, calcul, disposition. — IV. Les appareils de sûreté. — V. Conduite du feu. — VI. Alimentation, les incrustations — VII. Soins d'entretien et de réparation des pièces de la chaudière. — VIII. Mécanisme moteur, détail des pièces, description. — IX. Mise en place et en marche d'un moteur. — X. Détente, marche économique, etc. — XI. Soins d'entretien et de réparations.

N° 6, 2e édit. Conducteur de Moteurs à gaz et à pétrole.

I. Fonctionnement d'un moteur à gaz. — II. Description des principaux systèmes de moteurs à gaz. — III. Conduite des moteurs à gaz. — IV. Soins aux divers organes, huiles de graissage. — V. Les moteurs à essence (air carburé). Description. — VI. Conduite et entretien des moteurs à essence. — VII. Moteurs à pétrole lampant, avantages et inconvénients. — VII. Les moteurs à gaz pauvre, descriptions. — IX. Les gazogènes. — X. Appendice, tableaux divers.

N° 7. — Guide pratique d'éclairage électrique.

I. La lumière électrique, historique. — II. Distributions d'éclairage, stations centrales, procédés divers. — III. Description des lampes à arc. — IV. Branchement et pose des arcs, mise en marche, entretien. — V. Démontage et réparation des lampes à arc. — VI. Fabrication des lampes à incandescence — VII. Appareillage de distribution, tableaux, rhéostats, coupe-circuits, douilles, etc. — Appareils de lumière divers, projecteurs, microscope photo-électrique, etc. — Appendice.

N° 8. — Le Monteur-Appareilleur-Électricien.

I. Travaux du monteur, outillage. — II. Pose des canalisations domestiques, jonctions, épissures des fils, etc. — III. Pose des lampes à incandescence, isolement des fils. — IV. Appareils de mesure, compteurs, etc. — V. Soins d'entretien, cassage des lampes, courts-circuits. — VI. Installation d'un moteur ou d'une dynamo, mise en marche, etc. — VII. Montage de divers appareils électriques.

N° 9. — Transport électrique des forces.

I. Transmission de l'énergie, théorie, historique. — II. Les moteurs hydrauliques actuels. — III. Stations électriques avec moulins à vent. — IV. Transformateurs par courant continu. — V. Transport par courants alternatifs. — VI. Les transformateurs à haute tension. — VII. Installation d'une station pour l'envoi de la force. Machines à employer, etc. — VIII. Installation et soin des moteurs à courants continus et alternatifs polyphasés. — IX. Les tramways électriques, systèmes divers.

N° 10. — Réseaux téléphoniques et sonnettes.

I. Les sonnettes électriques, description des divers modèles. — II. Pose des sonnettes, outillage, soins d'isolement, plans de pose. — III. Entretien de sonnettes, nettoyage, piles. — IV. Fonctionnement du téléphone et du microphone. — V. Description des appareils en usage. — VI. Installation de deux postes magnétiques. — VII. Pose des lignes, isolement des fils, soins divers. — VIII. Remèdes contre l'induction (friture), réparations des lignes et des postes. — IX. Renseignements divers sur les téléphones.

N° 11. — Manuel de l'Électro-Chimiste.

I. — Théorie des dépôts électrolytiques, historique. — II. Appareillage pour l'électro-chimie, dynamos, piles, bacs, cuves, conducteurs. — III. Galvanoplastie le moulage, les bains. — IV. Le cuivre, affinage, dépôt électrolytique. — V. La dorure et l'argenture. — VI. Le nickelage. — VII. Conduite des bains, densité de courant. — VIII. Formules et recettes. — Appendice.

N° 12. — L'Électricité pour tous.

I. Générateurs d'électricité domestiques, piles et machines. — II. Lumière électrique domestique par piles. — III. Lumière domestique par dynamos et machines. — IV. Moteurs domestiques, emplois divers. — V. La cuisine électrique. — VI. Pose des sonnettes, téléphones, avertisseurs domestiques. — VII. Les allumoirs et appareils divers. — VIII. Électricité médicale. — IX. Les appareils Trouvé.

Prix de chaque volume : broché. **1 fr. 50** relié. **2 fr.**

La collection de 12 volumes : brochés **15 fr.** reliés **20 fr.**

Petite Encyclopédie Scientifique et Industrielle

PUBLIÉE SOUS LA DIRECTION
de **Henry de GRAFFIGNY**
INGÉNIEUR CIVIL

La Télégraphie sans Fil

Le mouvement de la nature. — Historique de l'art des signaux. Télégraphie sans fil par ondes lumineuses, par ondes électro-magnétiques, par ondes électriques. — Les expériences de Marconi. L'appareillage de télégraphie sans fil et les expériences de M. Ducretet. — Expériences diverses : Popoff, Tesla, etc. — Applications de la télégraphie sans fil.

Un volume de 160 pages et 43 figures. Prix : **1 fr. 50**

Les Nouveaux Ascenseurs

Définition et classification des ascenseurs. — Les ascenseurs à puits, à compensateurs, sans puits, électriques, hydro-électriques, à air comprimé. — Les manœuvres et la sécurité des ascenseurs. Les monte-charges. — Les ascenseurs hydrauliques pour bateaux et pour chemins de fer.

Un volume de 160 pages et 57 figures. Prix : **1 fr. 50**

Les Nouveaux Systèmes de Chauffage

I. Production et utilisation de la chaleur. Théorie et classification des appareils de chauffage. — II. Le chauffage par le soleil. — III. Chauffage par cheminées et grilles au bois, au coke, à la houille, aux agglomérés, etc., etc. — IV. Chauffage par l'air chaud, calorifères et poêles. — V. Chauffage par la vapeur à haute et à basse pression. — VI. Chauffage au gaz. — VII. Chauffage par le pétrole, l'essence, l'alcool. — VIII. Le chauffage électrique.

Un volume de 160 pages et 48 figures. Prix : **1 fr. 50**

L'Opticien

Guide historique et pratique

Par JACQUEMIN

Historique de la lunette et de la fabrication du verre. — Fusion du verre. — Verre de couleurs. — Cristal de roche. — Myopie. Presbytie. — Strabisme. — Choix des verres et des montures. Verres périscopiques et sphéro-cylindriques. — Cataracte. — Anatomie de l'œil. — Mécanisme de la vision. — Vision. — Prismes. Jumelles à prismes. — Optomètres. — Sphéromètre. — Lunette astronomique. — Jumelle de théâtre et de marine. — Tableau comparatif des anciens numéros sur les Dioptries. — Divers caractères d'écritures pour essayer la vue.

Un volume de 160 pages avec figures. Prix : **1 fr. 50**

Courbevoie. — Imp. E. Bernard, 14, rue de la Station.

EN VENTE CHEZ TOUS LES LIBRAIRES

Petite Collection E. Bernard.

à 60 centimes le volume *pour la France.*
à 75 centimes le volume *pour l'Étranger.*

N° 1 LE COLLIER DE DIAMANTS, par A. Lepage.
N° 2 UN BAISER DE REINE, par A. Guignery.
N° 3 LES MAITRESSES DE FRANÇOIS Ier, par P. Savernon.
N° 4 LA ROSÉE ROUGE, par A. Guignery.
N° 5 LES MAITRESSES DE HENRI IV, par P. Savernon.
N° 6 LE ROMAN D'UNE CHANTEUSE, par A. Guignery.
N° 7 LA CONSCIENCE DU JUGE, par A. Guignery.
N° 8 UNE COUR D'AMOUR, par A. Lepage.
N° 9 LE RÊVE DE MICHELINE, par Abel de Miray.
N° 10 LES MAITRESSES DE LOUIS XIV, par P. Savernon.
N° 11 UNE D'ELLES, par Jean Carvalho.
N° 12 LES MAITRESSES DE LOUIS XV, par P. Savernon.
N° 13 TRAGIQUES AMOURS, par A. Guignery.
N° 14 PRINCESSE DE VENISE, par Pierre Guédy.
N° 15 LES SANGUIVORES, par Gaston Azémar.
N° 16 JOURNAL D'UNE AMOUREUSE, par Louis Maurecy.
N° 17 LA BELLE CONSPIRATRICE, par A. Guignery.
Nos 18 et 19 L'HOMME-VIERGE, par Gaston Azémar.
N° 20 MARCHANDS DE CHAIR HUMAINE, par P. Manin.
N° 21 LE MOUSQUETAIRE NOIR, par Victor Nadal.
N° 22 LA POURPRE SANGLANTE, par Adrien Guignery.
N° 23 LA VIE D'UN BOHÈME, par Raoul Verneuil.
N° 24 BEBE, MADAME et MONSIEUR, par G. Guitton.
N° 25 LE ROMAN D'UNE AMBITIEUSE, par A. Lepage.
N° 26 L'HÉROIQUE CHASTETÉ, par Raoul Bouillerot.
N° 27 L'AMOUR COUPABLE, par L. Maurecy.
N° 28 L'OGRE, par G. Guitton.
N° 29 LA MAITRESSE DU MASQUE DE FER, par J. de Kerlecq.
N° 30 AMOUR CHARNEL ET AMOUR AILÉ, par La Font-Vinée.

Cette Collection comprendra 100 volumes.

Couverture en Couleur et illustrée en Phototypie.
Il paraîtra régulièrement 4 volumes par mois.

Courbevoie. — Imprimerie E. Bernard.

www.ingramcontent.com/pod-product-compliance
Ingram Content Group UK Ltd.
Pitfield, Milton Keynes, MK11 3LW, UK
UKHW031903260826
14628UKWH00002B/967

9 782019 959555